उपन्यास

उपन्यास

प्रभात रंजन

अंजुमन प्रकाशन
इलाहाबाद

सर्वाधिकार सुरक्षित :
यह पुस्तक या इसका कोई भी भाग लेखक की लिखित अनुमति के बिना पूर्ण या आंशिक रूप से इलेक्ट्रानिक अथवा यांत्रिक (जिसमें फिल्म/सीरियल/फोटोग्राफिक रिकार्डिंग/पीडीएफ फारमेट भी सम्मिलित है) अभिलेखन विधि से या सूचना संग्रह तथा पुनः प्राप्त पद्धति (रिट्रीबल) अथवा अन्य किसी भी प्रकार से पुनः प्रकाशित, अनूदित या संचारित नहीं किया जा सकता।

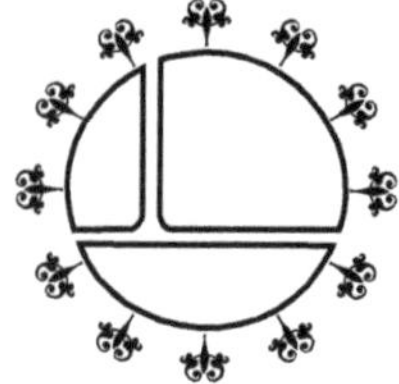

रेड अलर्ट (उपन्यास)
सर्वाधिकार : प्रभात रंजन

प्रकाशक : **अंजुमन प्रकाशन**
942, मुठ्ठीगंज, इलाहाबाद-3 उत्तर प्रदेश, भारत
website - anjumanpublication.com
E-mail : contact@anjumanpublication.com

मूल्य भारत में ₹ 120
मूल्य विदेश में $ 5

कम्पोजिंग : श्री कम्प्यूटर्स, इलाहाबाद
मुद्रक : भार्गव ऑफसेट, इलाहाबाद
संस्करण : प्रथम, जुलाई 2018
ISBN : 978-93-86027-94-8

आभार

श्री चन्द्रशेखर पौद्दार
(सेवानिवृत्त शिक्षक - सहरसा, बिहार)

और

श्री संजय सोनी
(पत्रकार - सहरसा, बिहार)

शहर को मानो साँप सूंघ गया हो।

हर तरफ एक गहरी खामोशी छायी थी। ऐसी खामोशी, जो किसी बड़े तूफान के आने से पहले होती है। जिस तरह के हालात बन रहे थे, किसी से कुछ कहते नहीं बन रहा था। सब की जुबान को लकवा मार गया था। कितनों का खून जम रहा था, तो कितनों का दिल बैठा जा रहा था। कितने तो मारे डर के हलकान भी हो चुके थे।

करोड़ों हाथ दुआओं में उठ रहे थे, कि किसी तरह बला टल जाये। मगर हालात कुछ ऐसे थे कि बनने की बजाय बिगड़ते ही जा रहे थे। विश्व-समुदाय आमने-सामने थे। हजारों सवाल उठ रहे थे, हजारों आरोप-प्रत्यारोप हो रहे थे, मगर समाधान की कोई गुंजाइश नहीं दिख रही थी।

बीतते वक्त के साथ यह संभावना प्रबल होती जा रही थी कि युद्ध होगा और होकर रहेगा।

सड़कों पर सन्नाटा पसरा था।

कर्फ्यू से भी बदतर हालात थे। आवाजाही बन्द थी। दुकानें बन्द, बाजार बन्द, रेहड़ी-ठेला अपनी बेरोजगारी पर आँसू बहा रहे थे। चोर, पॉकेटमार, दलाल सब अपने-अपने घरों में दुबके थे। नुक्कड़ पर बैठने वाला भिखमंगा भी नदारद था।

सबकी नजर खबरों पर टिकी थी; क्या हो रहा है, क्या होनेवाला है, क्या होगा? न्यूज चैनल्स को तो टी.आर.पी. का खजाना मिल गया था। भय के मसालों में गूँथ-गूँथ कर खबरें परोस रहे थे। तरह-तरह के विशेषज्ञों से व्यूअर्स को रू-ब-रू करवाया जा रहा था।

अब तक हर अंजान आदमी, विश्व की महाशक्तियों और उनकी सामरिक शक्तियों के बारे में जान चुके थे। अनपढ़ भी अंतर्राष्ट्रीय मुद्दों को जानने लगे थे। न्यूज चैनल्स की कृपा से लोगों के जेहन में अब तक यह ठूँसा जा चुका था कि अगर तीसरा विश्व युद्ध शुरू हुआ तो इस संसार में कुछ न बचेगा। शहर ही नहीं ... संसार को साँप सूँघ गया था।

* * *

विगत दिनों, सीरिया में प्लुटोनियम अटैक हुआ .... फ्रांस में भी डर्टी बम फूटे... जर्मनी, जापान, श्रीलंका भी इन हमलों से न बच सके; चीन, भारत, पाकिस्तान, म्यामांर में तो श्रृंखला ही बन गई। संसार का कोई हिस्सा ऐसा नहीं बचा, जहाँ आतंकी हमले न हुए हों। फिर दोषारोपण का दौर शुरू हुआ... अमेरिका ने इसे रूस की साजिश बतायी, रूस ने सारा दोष अमेरिका पर थोप दिया। पाकिस्तान ने भारत पर उँगली उठाई, भारत ने पाकिस्तान की निंदा कर दी। नॉर्थ कोरिया और साउथ कोरिया में ठन गई। अमेरिका ने साउथ कोरिया का पक्ष लिया तो चीन, नार्थ कोरिया के पीछे आ खड़ा हुआ। देश लामबंद होने लगे और अब हालात ये हैं कि संसार दो गुटों में बँट चुका है। कोई भी देश इस गुटबाजी से अलग नहीं है। बातचीत का सिलसिला शुरू हुआ और बातों-बातों में कई अन्य मुद्दों को घसीटा जाने लगा- इस्लामिक स्टेट, भारत-पाकिस्तान विवाद, सीरिया मुद्दा, रूस-युक्रेन मुद्दा, पूर्व और दक्षिण चीन सागर विवाद हॉट केक बन गये। सभी समझाने पर आमादा थे-समझने को कोई तैयार न था।

सभी झुकाने की कोशिश में लगे थे-झुकना किसी को गवारा न था। तल्खी बढ़ती जा रही थी... क्रोध बढ़ता जा रहा था.... नफरत बढ़ती जा रही थी। सभी देशों ने गुपचुप युद्ध की तैयारी शुरू भी कर दी थी।

हैवानियत, इंसानों के सिर चढ़कर बोलने लगी थी और एक दिन... तबाही का तांडव शुरू हो गया।

* * *

शांति देवी के मन में अशान्ति भर आई थी।

न जाने कौन- सा दिल, कौन- सा जिगर लेकर इस युग में पैदा हो गई बेचारी... मरहूम बाप ने न जाने क्या सोचकर, कौन- सा मुहूर्त देखकर उसका नाम शांति रखा था; उसने तो अपनी जिन्दगी में कभी शांति महसूस ही नहीं किया था।

पैदा गुलाम मुल्क में हुई थी; होश सँभाला तो अँग्रेजों की गोलियों की गड़गड़ाहट ही सबसे पहले सुनी थी। उस समय देश अशांत था, आज पूरा विश्व अशांत है; बीच की जिन्दगी भी अशान्तियों से ही भरी रही।

उसकी उम्र, शताब्दी के इर्द-गिर्द पहुँच चुकी थी। यूँ कहें कि शांति की तलाश करते-करते, शांति का जुगाड़ करते-करते उसकी उम्र गुजर गई; मगर परिस्थिति यूँ की यूँ बरकरार रही। हालाँकि अब वह हिमालय की शरण ले चुकी थी... पिछले पचपन सालों से वह इस दुनिया से कटकर हिमालय की घाटी में जा बसी है। लोग कहते हैं कि हिमालय की पर्वत-शृंखलाएँ शान्ति से सराबोर हैं, मगर....

हालाँकि शान्ति ने दुनिया की खोज-खबर लेना बन्द कर दिया था; कोई भी तकनीकी साधन उसके पास मौजूद नहीं थे, जो उसे देश- दुनिया की खबर दे सकें... मगर हवाओं को चुगली करने से कौन रोक सका है?

अब तो गोलियों की हृदय-विदारक आवाज और बारूद के गंध हवाओं में भी सन गए हैं। हिमालय की शान्ति भी तार-तार होने लगी है। शांति की अन्तरात्मा गवाही देने लगी है कि कयामत का वो दिन आ चुका है, जब मनुष्य खुद की कब्र खोदकर उसमें दफन हो जाने वाला है।

शांति की अपनी दुनिया में पिछले आठ वर्षों से महायज्ञ चल रहा है। अनुमान था कि अब किसी भी क्षण उनकी मनोकामना पूरी हो सकती है और यज्ञ सम्पन्न हो सकता है; मगर यह चीखती-फुफकारती अशांति कहीं यज्ञ में व्यवधान न डाल दे। वह मन को एकाग्रचित करके सोने का प्रयत्न करने लगी। उसके चमकते ललाट पर बला की सिकुड़नें पैदा हो रहीं थीं। उसने मन को ध्यान में लगाया और ....

* * *

नींद तो भगोड़ा साबित हो गयी, जैसे वह इस जमीन-आसमान से ही नदारद हो गयी हो। दुनियावालों की आँखें नींद से मरहूम हो गईं। जब सिर पर मौत का साया लहरा रहा हो तो नींद किसे आती है।

सुबह-शाम, दिन-रात, कभी न रुकने वाला युद्ध जारी था। यह कोई साधारण युद्ध नहीं था ... यह विश्वयुद्ध था; तीसरा विश्व-युद्ध, जिसको लेकर कई-कई भविष्यवाणियाँ की गई थीं, तरह-तरह के कयास लगाये जा रहे थे; फिर भी इतने भयानक युद्ध की कल्पना किसी ने नहीं की थी। जल, थल और वायु-कोई भी ऐसी जगह नहीं बची थी, जहाँ विनाशकारी शक्तियों का प्रदर्शन न हो रहा हो। दुनिया का कोई भी हिस्सा इस युद्ध से अछूता न था। चारों तरफ त्राहिमाम मचा था। विनाश का सिलसिला थमने की बजाय जोर ही पकड़ता जा रहा था। तबाही के किस्सों पर पूर्णविराम नहीं लग रहा था। मरने वालों की संख्या और तबाह हो रहे शहरों, कस्बों, गाँवों को गिनना संभव नहीं हो पा रहा था।

एक तरफ रोजमर्रा की जिन्दगी में समस्याओं का अम्बार लगता जा रहा था, तो दूसरी तरफ यह तय करना मुश्किल हो रहा था, कि कब कौन-सी गोली किधर से आकर किसकी छाती छलनी कर दे या कब कौन-सा बम किसका आशियाना उजाड़ दे। ऊपर से एक दानवी आशंका सिर उठाये खड़ी थी, कि कहीं परमाणु हथियारों का प्रयोग शुरू न हो जाये।

परमाणु हथियारों के भय ने तो अब तक कितनों की हृदय-गति ही रोक दी थी। कहीं लोग गोली-बारूद से मर रहे थे तो कहीं हर्ट अटैक से....। आँसू पोछने वाले हाथ ही नहीं मिल रहे थे। करोड़ों हाथ दुआओं में उठे थे।

* * *

आखिरकार, जिसका डर था-वह हो गया।

जिस भय के साये में दुनिया पिछले सात दशक से जी रही है, आज उससे साक्षात्कार हो गया। न्यूज चैनल्स ने दुनिया को बता दिया है कि अब तक कितने खतरनाक परमाणु हथियार दुनिया ने बना लिए हैं और इसके प्रयोग का परिणाम कितना भयानक हो सकता है। कयास तो यही लगाये जाने लगे हैं कि यह दुनिया अब चन्द घड़ियों की मेहमान है।

तेज धमाके के बाद आसमान में मशरूम की तरह उठते हुए धुएँ के गुबार को देखकर शांति का कलेजा मुँह को आ गया, वह चीख उठी-

"हैलो, इट्स एन एटोमिक अटैक।"

उसने तुरंत अपनी एक आँख बन्द करके दूसरी आँख के सामने अपना अँगूठा रखा। मशरूम की शक्ल में गुबार अब भी दिख रहा था। वह जोर से चीखी-

"भागो! हम लोग रेडियेशन जोन में हैं ... भागो!"

वह यत्र-तत्र-सर्वत्र फैली भीड़ को चीख-चीखकर भागने के लिए कहने लगी। सबको भागते देखकर खुद भी भागी। बेतहाशा भागती हुई उसके पैर एक पत्थर से टकराये और... वह फुटबॉल की तरह जमीन पर लुढ़कने लगी। एक के बाद एक धमाके और लोगों की चीख-पुकार, हाय-तोबा की आवाजें उसके कानों से टकरा रही थीं। मारे दर्द और बेचैनी के उसके मुँह से घुटी-घुटी-सी चीख निकली ... हृदय को चीरकर रख देने वाली चीत्कार के साथ उसकी नींद खुल गई।

* * *

98 साल की उम्र में भी उनके चेहरे पर झुर्रियों का नामोनिशान नहीं है, बस थकान ही थकान है। शांति की साँसें थम चुकी थीं। वह खुद माइक्रोबायोलॉजिस्ट रह चुकी है। बेहद आध्यात्मिक प्रवृति की है और अब योग-विद्या की भी उसे इतनी ज्यादा जानकारी है कि बड़े-से-बड़े रोग को चुटकी बजाकर ठीक कर देती है, लेकिन यह एक ऐसा सपना है, जिसे वह

आज तक मात नहीं दे पाई है।

परमाणु अटैक दरअसल उसके जीवन का एक क्रूर सच है, जिसे वह जितना भूलना चाहती है, उसके जख्म और हरे हो जाते हैं। यह सपना जब भी उसे आता है, तब उसकी हालत मिर्गी के रोगी की तरह हो जाती है। उसकी सूनी-सूनी माँग बता रही है कि अब उसके पति प्रो0 अमन नहीं रहे। इस समय, वह बिल्कुल अकेली है। उसके चेहरे के भाव बता रहे थे कि वह चाहे अनचाहे अपने अतीत में उतरती जा रही थी।

* * *

पाँच वर्षीया शांति, दबे पाँव लैब में घुस गई और उसने बड़ी चालाकी से खुद को छिपा लिया। वह जहाँ छिपी थी, बाल-सुलभ सोच के मुताबिक वह पूरी तरह महफूज थी। उसकी नजर एकटक प्रोफेसर आलोक की एक्टिविटी को वॉच कर रही थी, जो अपने घर के छोटे से बायो-लैब में अपना रिसर्च-वर्क कर रहे थे।

इस समय प्रोफेसर आलोक भी पूरी दुनिया से बेखबर थे और शांति उनकी एक्टिविटी देखने में मशगूल थी... तभी बाहर अपनी माँ की चीख-पुकार सुनकर शान्ति ने बुरा-सा मुँह बना लिया और दबे पाँव लैब से बाहर निकलने लगी। अनजाने में एक स्टूल उससे टकरा गया और शांति बिफर उठी- "ओह.. शिट्!"

प्रोफेसर आलोक का ध्यान उचट गया, वह शांति को अपने लैब में देखकर मुस्करा उठे- "ओह... शांति बिटिया, वैरीगुड...."

लपककर शांति को गोद में उठा लिया प्रोफेसर आलोक ने और शांति ने आलोक के कान में फुसफुसाकर विनती की- "अंकल, मम्मी पूछे तो आप ये बताना कि मैं अभी-अभी यहाँ आ गई थी, वरना पिटाई करेगी।"

शांति की बाल-सुलभ विनती सुनकर प्रोफेसर आलोक को बरबस हँसी आ गई, उसने आश्वासन देते हुए कहा- "मैं देखता हूँ कि वो तुम्हारी पिटाई कैसे करती है; मेरी बिटिया अपने अंकल के पास क्यों नहीं आयेगी? तभी शान्ति की मम्मी भी उसे पुकारती हुई लैब के गेट पर आ गई थी।

प्रोफेसर आलोक लैब से बाहर निकल आये। शान्ति को उनकी गोद में देखकर सीमा बोली- तो यहाँ थी यह शैतान!''

''इतनी प्यारी बच्ची को शैतान कहती हैं... अच्छा नहीं लगता है।'' आलोक ने ऐतराज जताया- ''मुझे तो इसका यहाँ आना बहुत अच्छा लगता है।''

''वो तो ठीक है भाई साहब...।'' सीमा बोली- ''लेकिन इसकी पढ़ाई-लिखाई का क्या होगा? पढ़ने के नाम पर रफूचक्कर हो जाती है।''

''चिन्ता मत करो भाभी,'' आलोक ने कहा- ''मेरे काम में इसका इतना इंट्रेस्ट देख रहा हूँ... मुझे लगता है कि यह साइंटिस्ट जरूर बनेगी; बनोगी न बेटी?''

शांति ने हामी भरी- ''हाँ अंकल... बिल्कुल यही बनूँगी, मुझे आपका काम बहुत अच्छा लगता है।''

सीमा ने शिकायत भरे लहजे में कहा- ''जी... इसके लिए पढ़ना पड़ता है, कोई बैठे-बिठाये साइंटिस्ट नहीं बन जाता।'' फिर वह आलोक से मुखातिब हुई- ''अमन कहाँ है भाई साहब और भाभी जी भी नजर नहीं आ रहीं...।''

''शायद दोनों मार्केट गये हैं, वैसे, आपके पतिदेव...?

''घर में ही हैं; हिन्दुस्तान रिपब्लिकन एसोशियन के कुछ लोग घर आये हैं, उन्हीं के साथ मीटिंग चल रही है।

सीमा का कहने का अंदाज कुछ ऐसा था कि आलोक को हँसी आ गई। उसने कहा-''ये तो अच्छी बात है भाभी जी... हर हिन्दुस्तानी का कर्तव्य है कि वो देश के स्वतंत्रता-संग्राम में सहयोग दे; देश पहले... उसके बाद कुछ और... वैसे, आपको हमारा यह निर्णय कैसा लगा?''

सीमा ने भी रजामंदी जताई। बोली- ''मेरा भी यही मानना है कि हर हिन्दुस्तानी को इस आंदोलन में सहयोग करना चाहिए; अच्छा भाई साहब...अब चलती हूँ।''

सीमा, शांति को लेकर अपने घर की ओर चल दी। आलोक ने शांति के गाल पर चुटकी लेकर प्यार जताया। शांति हाथ हिलाकर बोली-बॉय अंकल...।

* * *

किशोर बाबू की अपने क्रांतिकारी साथियों के साथ गुफ्तगू चल ही रही थी, कि शांति वहाँ पहुँच गई और अपने पापा के पीछे दुबक गई। किशोर बाबू ने हँसते हुए अपने साथियों से शांति का परिचय करवाया।

"बालमुकुन्द जी! यह मेरी बेटी है-शांति"।

शांति ने दोनों को नमस्ते किया। दूसरे साथी ने शांति को अपने करीब खींचते हुए कहा- "प्यारी बच्ची है...बड़ी होकर क्या बनोगी?"

'साइंटिस्ट।' मासूमियत भरे अंदाज में बोली शांति, मगर उसके अंदाज पर सबकी हँसी छूट गई। फिर बालमुकुन्द जी बोले- "साइंटिस्ट बनकर क्या बनाओगी?"

इस बार शांति कुछ सोचकर बोली- 'दवा।'

"कैसी दवा?"

"जो जख्म को ठीक करे।"

इस बार सब शांति का मुँह ताकते रह गये। बालमुकुन्द जी मजाकिया अंदाज में बोले- "ठीक है बेटी... जल्दी बड़ी हो जाओ और ऐसी दवा बनाओ जो हमारे क्रान्तिकारी भाइयों के जख्म को जल्द-से-जल्द ठीक कर दे।"

"क्रान्तिकारियों को जख्म क्यों होता है?" बड़ी उत्सुकता से पूछा शांति ने, तो बालमुकुन्द जी बोले- वे अंग्रेजों की गोली से जख्मी हो जाते हैं।"

"अँग्रेज गोली क्यों मारते हैं?"

किशोर जी ने हँसते हुए शांति को गोद में उठा लिया और टालते हुए

बोले- "भइ रहने दो... मेरी बेटी के पास सवालों की कमी नहीं है, इसे संतुष्ट करने में कई जन्म गुजर जायेंगे...।"

किशोर जी ने बाहर की तरफ रुख किया तो दूसरे साथी ने टोका- "किशोर बाबू...!" उनकी तवज्जो पाकर वह बोला- "अगर शान्ति की छोटी बहन पैदा हो तो उसका नाम 'क्रान्ति' रखियेगा।"

शान्ति खिलखिलाकर हँस पड़ी। किशोर बाबू उसे लेकर बाहर चले गए, तब बालमुकुन्द ने दूसरे साथी से कहा-"किशोर बाबू इतने बड़े इंजीनियर होकर भी अपने पाँव हमेशा जमीन पर रखते हैं, क्यों।

"जमीन के नीचे बोलो... जमीन के नीचे," दूसरे ने अपनी बात पर जोर देते हुए कहा-"डाउन टू अर्थ।"

'यकीनन।' बालमुकुन्द जी ने भी सहमति में सिर हिलाया।

* * *

सुबह का समय था।

अमन की मम्मी यानी अमृता और उसके पापा प्रोफेसर आलोक कुमार अलग-अलग अखबारों में मशगूल थे। अमन कुछ लिख रहा था। तीनों की मौजूदगी के बावजूद घर में पिन-ड्रॉप साइलेंस था। शांति ने दबे पाँव कमरे में प्रवेश कर पीछे से अमन की दोनों आँखें बन्द कर दी। उसके पास एक छोटा-सा थैला था। अमन झल्लाकर बोला- "डोन्ट डिस्टर्ब मी मिस ड्रुकेला...।"

उसकी तेज आवाज सुन अमृता और आलोक चौंक गए। शांति ने नाराज होकर फटकार लगाया-डोंट से मी ड्रुकेला, मुझे बहुत गुस्सा आता है, यह नाम सुनकर।

"एक मिनट...।" अमन बोला और कुछ लाने के लिए चल दिया। आलोक और अमृता मन-ही-मन हँस रहे थे उन दोनों के झगड़े पर। तब तक अमन आईना लेकर आ गया और शांति के सामने रखते हुए कहा- "शकल देख अपनी, ड्रुकेला से भी बदतर दिखती है।"

इस बार शांति ने पाला बदला। आईने में अपना चेहरा निहारने लगी। गुस्सा एकदम थूक दिया और इतरा-इतरा कर खुद को निहारती हुई बोली- ''वाह! अतिसुन्दर...।'' आलोक और अमृता की हँसी फूट पड़ी। अमन अपना-सा मुँह लेकर रह गया। अमृता ने शांति से पूछा- ''इस थैला में क्या है?''

शांति एक छोटा-सा गिफ्ट पैकेट निकालकर अमन की तरफ बढ़ाती हुई बोली- ''हैप्पी बर्थ डे टू यू...।''

अमृता चौंककर बोली- ''अरे, मुझे तो याद ही नहीं था।''

आलोक ने भी उसके सुर में सुर मिलाया- ''मुझे भी याद नहीं था।'' तब तक उन दोनों ने देखा कि अमन मुँह फेरकर खड़ा था। शांति ने खुशामद की- ''अब गुस्सा थूक दो और मेरा गिफ्ट स्वीकार करो, अच्छे बच्चे जिद नहीं करते।''

आलोक और अमृता के चेहरे पर फिर मुस्कान फैल गई, मगर अमन के चेहरे का भाव नहीं बदला। वह सख्त लहजे में बोला- ''मैं अब कभी अपना बर्थ डे नहीं मनाऊँगा।'' शांति के साथ-साथ आलोक और अमृता को भी चौंकना पड़ा। आलोक ने जमाने भर का आश्चर्य अपनी आवाज में समेटते हुए पूछा-''मगर क्यूँ भइ?''

अमन ने बड़े ही गंभीर लहजे में कहा- ''आज इस देश के इतिहास का सबसे काला दिन है-13 अप्रैल... पापा, सात साल पहले आज के ही दिन यानी 13 अप्रैल, 1919 को, जलियाँवाला बाग में अंग्रेजों ने नरसंहार किया था, हजारों हिन्दुस्तानी बेमौत मारे गये थे।'' यह वक्त था, जब भावनाओं का सैलाब उमड़कर शांति, आलोक और अमृता की आँखों में आ गया था। सबका गला रुँध-सा गया था, जबकि अमन कह रहा था- ''यह दिन भारत देश के हर नागरिक के लिए मातम का दिन है, मैं खुशियाँ कैसे मनाऊँ?''

शांति तो लाजवाब हो गई थी, मगर अमृता और आलोक हैरत से अमन को निहारने लगे थे; उसकी उम्र और उसकी सोच की परिपक्वता को मन-ही-मन नापने लगे थे। अमन ने आलोक से पूछा- ''पापा...ऐसी कोई

थ्योरी नहीं है, कि भविष्य में जब भी ऐसे हालात पैदा हों, तो हम अपनी सुरक्षा भी कर लें और दुश्मनों की कमर भी तोड़ दें?''

आलोक को तत्काल कोई जवाब देते नहीं बना और अमृता को शायद उस समय कभी आलोक का, तो कभी अमन का चेहरा देखने के अलावा और कोई दूसरा काम ही नहीं था। आलोक काफी सोचने-समझने के बाद बोला- ''मेरे पास तो नहीं है मगर... शायद तुम ऐसी कोई थ्योरी ढूँढ़ लो...कोशिश करो; सच्चे मन से की हुई कोशिश कभी बेकार नहीं जाती, वैसे मैं भी सोचूँगा।''

तभी शांति, अमन का हाथ पकड़कर फुसफुसाती हुई बोली- ''आओ न मेरे साथ...कुछ इंटरेस्टिंग है।''

अमन, अनमने ढंग से शांति के साथ चला गया। उसके जाते ही अमृता फुसफुसाकर आलोक से बोली- ''क्या फिलॉस्फी बघारने लगे तुम भी; कुछ हल्की-फुल्की बात कहकर बहला देते, बच्चों के दिमाग पर इतना जोर नहीं डालना चाहिए।''

''नो...!'' आलोक ने ऑब्जेक्शन डाला और एकदम से रोमांटिक होते हुए बोला- ''सोना तपकर ही कुंदन होता है और बीवी गुस्से में ही सुन्दर दिखती है।''

बुरा-सा मुँह बनाया अमृता ने- ''ये क्या बात हुई...तुकबंदी नहीं कर सकते तो शब्दों और वाक्यों का नक्शा क्यों बिगाड़ते हो?''

''तुकबंदी नहीं मेरी जान, मैं युगलबंदी की बात कर रहा हूँ...मिले सुर मेरा तुम्हारा...।'' अमृता दूर छिटक गई- ''आज सुबह-सुबह रोमांटिक हो रहे हो...क्या बात है?''

''तुमने इतनी सुलझी हुई औलाद दी है... दिल गार्डन-गार्डन हो गया; सोचता हूँ तुम्हें इसका इनाम दूँ... बोलो कहाँ से शुरू करूँ?''

अमृता, आलोक के बदले इरादे को भाँप गई और पल्ला छुड़ाती हुई वहाँ से चली गई। आलोक मान-मनुहार करते उसके पीछे भागता रहा।

* * *

आलोक कुमार और किशोर बाबू सगे-संबंधी नहीं थे, दूर-दूर तक उनका कोई रिश्ता नहीं था; समानता बस इतनी-सी थी कि दोनों काफी अरसे से एक-दूसरे के पड़ोसी थे और दोनों के सोच-स्वभाव में काफी समानता थी... इसीलिए बीतते समय के साथ अपनापन बढ़ता गया। आज शहर में दोनों परिवारों की दोस्ती के कई अफसाने प्रचलित हैं। ऐसे ही कई अफसाने गढ़े जाने के बाद शांति और अमन का जन्म हुआ। यूँ कहें कि इन दोनों बच्चों में भी ऐसा असर दिखने लगा, जिसके आधार पर यह कहा जा सकता था कि ये दोनों परिवारों के बीच के 'अपनापन' रूपी विरासत को हमेशा नई शक्ति प्रदान करेंगे।

समय बीतता रहा। देश और विश्व की समस्याओं में शरीक होते हुए दोनों परिवारों के दिन कटते रहे। चाहे साइमन कमीशन हो या लाला लाजपत राय की मौत; भगत सिंह की गिरफ्तारी हो या गोलमेज सम्मेलन- इस परिवार ने चन्दे के वक्त चन्दा दिया, आँसू के वक्त आँसू और खून के वक्त खून। विज्ञान ने विकास की इबारत लिखी, तो इस परिवार ने सिर-आँखों पर लिया।

सन् 1928 में जब अमेरिका के वैज्ञानिक 'वानेवर बुश' ने कम्प्यूटर की खोज की, तो इस परिवार ने सिर आँखों पर लिया; 1929 में अमेरिका के वैज्ञानिक 'विलियम लीर' और 'एल्मर वैवरिंग' ने कार रेडियो का अविष्कार किया, तो ये परिवार खुशी से झूम उठे... लेकिन दूसरी तरफ 1928 में जब अंग्रेजी सरकार ने साइमन कमीशन का प्रस्ताव पारित किया, जिसमें किसी भी भारतीय सदस्य को शामिल नहीं किया गया और 'स्वराज' की माँग को भी मानने का कोई इरादा न देखकर इस परिवार ने तन-मन-धन से लाला लाजपत राय का समर्थन किया।

3 फरवरी, 1928 को कमीशन भारत पहुँची। साइमन कलकत्ता, लाहौर, लखनऊ, विजयवाड़ा और पुणे सहित जहाँ-जहाँ भी पहुँचा, उसे जबरदस्त विरोध का सामना करना पड़ा और लोगों ने उसे काले झंडे दिखाये। पूरे देश में साइमन गो बैक (साइमन वापस जाओ) के नारे गूँजने लगे। लखनऊ में हुए लाठीचार्ज में पंडित जवाहर लाल नेहरू घायल हो गए और गोविंद बल्लभ पंत, अपंग। 30 अक्टूबर, 1928 को लाला

लाजपत राय के नेतृत्व में साइमन का विरोध कर रहे युवाओं को बेरहमी से पीटा गया। पुलिस ने लाला लाजपत राय की छाती पर निर्ममता से लाठियाँ बरसाईं। वह बुरी तरह घायल हो गए और 17 नवम्बर, 1928 को उनकी मृत्यु हो गई। मरने से पहले उन्होंने कहा था कि- ''आज मेरे ऊपर बरसी हर एक लाठी की चोट, अंग्रेजों के ताबूत की कील बनेगी।'' लाला लाजपत राय की बेरहमी से की गई पिटाई और उनकी मौत ने इस परिवार को भी झकझोरा।

* * *

उस दिन बहुत जोर का भूचाल आया था उनके घर में। आलोक, किशोर बाबू के अलावा सीमा और अमृता के खून में भी जोर का उबाल आया था। अमन और शांति भी जोश में थे, लेकिन वे कभी-कभी दुःखी और कन्फ्यूज भी हो जाते थे। अंग्रेजी सत्ता के साथ-साथ दोष, गरम दल के सेनानियों पर भी थोपा जा रहा था। ''दोष सरासर भगत सिंह का भी है!'' किशोर बाबू बौखलाये हुए से बोले- ''यह सब उसकी आँखों के सामने हुआ; उसके दल के लोग भी वहाँ मौजूद थे... लाला लाजपत राय पिटते रहे और वे लोग अपनी-अपनी हथेलियाँ बाँधे तमाशा देखते रहे।''

''आपका कहना ठीक है भाई साहब''-इस बार अमृता बोली-''माना कि इंडियन रिपब्लिकन एसोसियेशन के लोगों ने लाला जी को वचन दिया था, कि वे लोग किसी भी सूरत में हिंसक कार्यवाही नहीं करेंगे...लेकिन ऐसे हालात में भी वो अपने वचन को ढोते रहे...।''

''कुछ गलती तो हुई; गरम दल के लोगों को वहीं अंग्रेज अफसरों की लाठी छीनकर उनके अंदर घुसेड़ देनी चाहिए थी।''

तभी अमन ने उन्हें टोका- ''पापा...जब हमारे देश के लोग गरम दल और नरम दल में बँटे हैं; टीचर कह रही थी कि- हमारे ही देश के लोग अंग्रेजों के टुकड़े खाकर हमसे ही लड़ रहे हैं, तो हम एक कैसे हुए? जब हम एक नहीं तो इतनी बड़ी लड़ाई कैसे जीतेंगे?''

प्रोफेसर आलोक सिर पकड़कर बैठ गये। अफसोस भरे लहजे में कहा- ''यही दुर्भाग्य है बेटा...हमारे अपने ही हमसे लड़ रहे हैं; यही तो

अंग्रेजों की नीति है- फूट डालो और शासन करो। लेकिन हम भी चैन से नहीं बैठेंगे, लाला जी की मौत का बदला लेकर रहेंगे।'' वे काफी आवेशित हो गये थे। अमृता ने डरी-थकी आवाज में पूछा- ''लेकिन हम क्या कर सकते हैं?''

पागलों की तरह चिल्लाया आलोक- ''हम ईंट से ईंट बजा देंगे।''

इसके बाद वह हिस्टिरियाई अंदाज में चीखा- 'जय हिन्द!'

बरबस वहाँ मौजूद सबके मुँह से निकला-'जय भारत!'

इसके बाद तो नारेबाजी का वो सिलसिला शुरू हो गया कि पड़ोसी ही नहीं, गली-मोहल्ले के लोग भी आ जुटे... यूँ कहें कि बिना बुलाये एक सभा हो गई।

* * *

ज्यादा दिन का इंतजार नहीं करना पड़ा हिन्दुस्तानियों को। 17 नवम्बर, 1928 को लाला लाजपत राय की मृत्यु हुई और ठीक एक महीने के बाद यानी 17 दिसम्बर, 1928 को शायद स्कॉट की किस्मत अच्छी थी। भगत सिंह और उसके साथियों के निशाने पर स्कॉट ही था, काल तो सांडर्स के सिर पर सवार था। उप-अधीक्षक सांडर्स ज्यों ही ऑफिस से निकला, भगत सिंह और राजगुरु ने उस पर गोली दाग दी। अंग्रेजी सत्ता काँप उठी। अगले दिन इश्तिहार बँट गया और लाहौर की दीवारों पर भी चिपक गया। लिखा था- ''हिन्दुस्तान सोशलिस्ट रिपब्लिकन एसोसियेशन ने लाला लाजपत की हत्या का प्रतिशोध ले लिया है।''

* * *

खुशी से बाँछें खिल गई थीं हर हिन्दुस्तानियों की। आलोक और किशोर बाबू ने न सिर्फ मिठाइयाँ बाँटीं, बल्कि जलसा भी आयोजित कर डाला। स्वतंत्रता संग्राम में इस हर्ष-विषाद के खेल को शांति और अमन भी बड़ी बारीकी से देख रहे थे; कुछ समझ रहे थे वे लोग और कुछ समझने की कोशिश कर रहे थे।

शांति को न जाने क्यों यह सब अच्छा नहीं लग रहा था। अपने नाम

के अनुरूप वह बेहद शांति पसंद थी। फिर 'जन सुरक्षा बिल व औद्योगिक विवाद बिल' जिसका उद्देश्य, देश में उठते युवक आन्दोलन को कुचलना और मजदूरों को हड़ताल के अधिकार से वंचित रखना था, के खिलाफ भगत सिंह के असेम्बली में बम फेंकने की घटना हो या अवज्ञा आंदोलन-स्वतंत्रता संग्राम की हर गतिविधियों में इस परिवार ने अपनी उपस्थिति दर्ज की।

समय पंख लगाकर उड़ता गया। अमन और शांति में बढ़ती उम्र के साथ सोच-स्वभाव में भी परिवर्तन आने लगे। दोनों किताबी-कीड़ा बन गए और सुबह-शाम, दिन-रात जैसे अपने अनकहे मकसद को समर्पित कर दिया हो। वे एक अच्छे दोस्त तो बचपन में ही बन गये थे, मगर इस सम्बन्ध को ज्यादा फलने-फूलने का वक्त नहीं मिल रहा था। भेंट-मुलाकात, लड़ाई-झगड़ा, रूठना-मनाना सिर्फ और सिर्फ एजुकेशनल टॉपिक के लिए होता था; इसीलिए सन् 1938 में, जब अमन अट्ठारह साल का था और शांति सत्रह साल की, उनके इस घरौंदे के उजड़ने का समय आ गया। किशोर बाबू ने शांति को जेनेटिक्स साइंस की पढ़ाई के लिए उसके मामा के पास अमेरिका भेजने का मन बना लिया था, वहीं प्रोफेसर आलोक की नौकरी जापान में पक्की हो गई थी... अमन को भी जापान जाना था। एक अरसे का साथ छूटने का दर्द, जितना शांति और अमन को था, उससे कहीं ज्यादा दर्द आलोक और किशोर बाबू को था; सीमा और अमृता को था। इस तरह से वक्त ने यहाँ से उन लोगों की जिन्दगी का कथानक फिर एक बार नये सिरे से लिखना प्रारंभ कर दिया था।

* * *

सूर्य के उदय होने का द्वार अर्थात् -जापान।

जापानी लोग इसे निप्पॉन कहते हैं, जिसका अर्थ है-सूर्य निकास। और सत्तर प्रतिशत पहाड़ियों से घिरा एक खूबसूरत-सा शहर-नागासाकी। शुरू-शुरू में अमन को यह देश कुछ अजीब-अजीब-सा लगा था, मगर यह महसूस कर उसका दिल धीरे-धीरे यहाँ रमने लगा था कि-अगर उन्नति का पाठ पढ़ना हो तो जापान ही वह सर्वश्रेष्ठ जगह है। प्राकृतिक संपदाओं से पूरी तरह मरहूम और भूकंप जैसी आपदा को रोज-रोज झेलने के

बावजूद-जापान की सम्पन्नता की कोई सानी नहीं। एक वजह यह भी है कि कामचोर और भ्रष्टाचारियों को जापान ने कभी अपनी धरती पर टिकने ही नहीं दिया।

अमन को यहाँ अपनी पढ़ाई-लिखाई का एक माकूल माहौल मिल गया था और जो बात उसे अच्छी लगी थी-वह था जापानियों का समय का पाबंद होना। मिनट-मिनट को महत्व दिया जाता है इस देश में; यहाँ तक कि यहाँ की ट्रेनें कभी लेट नहीं होतीं; अगर होती भी हैं, तो अधिकतम अठारह सेकेण्ड... इसके लिए रेल-प्रशासन द्वारा प्रत्येक पैसेंजर को लिखित माफीनामा देना पड़ता है।

वाह रे देश! अमन बेहद रोमांचित हो रहा था। अखबारों में लूट-खसोट, हत्या, बलात्कार, राजनीतिक उठापटक, चुटकी में समस्याओं का समाधान कर देने वाले बाबाओं के इश्तहार जैसा कुछ नहीं छपता। आवश्यक खबरों के साथ साइंस एंड टेक्नोलॉजी की बातें ही छपती हैं।

अमन मन-ही-मन मुस्करा उठा। उसकी अंतरात्मा ने चुटकी ली-''भगवान इस देश को मेरे देश की हवा लगा दे...जहाँ वक्त थोक के भाव उपलब्ध है।''

एक खास मीटिंग के लिए वह टोक्यो जा रहा था। यह सफर उसे ट्रेन से तय करना था। आधे घंटे के सफर में वह बुरी तरह बोर हो गया। मजाकिया अंदाज में अपने-आप से पूछा-''यह कैसा देश है भाई, इतने अजीबोगरीब लोग क्यों हैं इस देश में, जो ट्रेन के सफर में ताश नहीं खेलते, गाने नहीं गाते...सीटियाँ नहीं बजाते, हुड़दंग नहीं करते, राजनीतिक मुद्दों पर वाद-विवाद नहीं करते।''

तभी उसकी बगल वाली सीट पर एक युवक आकर बैठा, जो शक्ल-सूरत से विशुद्ध भारतीय दिखता था। उसने अमन को देखते ही स्टाइलिश अंदाज में विश किया- 'हैलो!'

अमन ने भी पहली मुलाकात की औपचारिकता पूरी की। दूसरे युवक ने अपना हाथ बढ़ाते हुए कहा- ''माइसेल्फ भुवन, फ्रॉम महाराष्ट्रा एंड यू...?''

अमन ने उसकी बात का जवाब दिया- ''अमन, फ्रॉम इण्डिया...।''

भुवन ने अपनी भौं सिकोड़ी। कुछ समझने की कोशिश की, फिर बोला- ''शयाने लगते हो! यही कहना चाहते हो न कि प्रांतवाद हमारे देश की एकता को तोड़ती है?''

''सिर्फ प्रांतवाद ही नहीं...जाति-धर्म के भी खिलाफ हूँ मैं।''

'जेब्बात!' भुवन ने अमन के कंधे पर जोर की थपकी दे मारा। अमन हिल गया, मगर यहाँ भुवन से किसी तरह के शिकायत की गुंजाइश नहीं थी। अमन खुद भी मानता था कि प्रेम की कोई भी भाषा हो सकती है और प्रेम के आदान-प्रदान के भी कई अंदाज हो सकते हैं। उसने मुस्कराकर पूछा भुवन से- ''कितने दिनों से हो यहाँ और क्या करते हो?''

''मुद्दत हो गये इधर...यूँ समझो कि आधी उमर जापान में ही कटी है और करता क्या हूँ ये भी जानना चाहते हो न?''

अमन ने मुस्कराकर सहमति में सिर हिलाया। वह अब तक मान चुका था कि उसके सामने बैठा भुवन नामक शख्स बेहद मस्त-मिजाज है। भुवन ने शायराना अंदाज में कहा- ''टाइम पास के लिए पढ़ाई करता हूँ...वैसे...ऐश।''

''ऐश मीन्स?'' अमन ने आश्चर्य से पूछा।

''मौज-मस्ती..'' भुवन ने फिर फिलॉस्फर की तरह कहा - ''और इस जिन्दगी से लेकर क्या जाना है।''

''मगर... कोई टार्गेट तो होगा लाइफ का ..?''

भुवन बोला - ''पापा साइंटिस्ट हैं... वो चाहते हैं कि मैं भी साइंटिस्ट ही बनूँ, मगर मैंने उनकी सोच बदल दी; यार, क्या रखा है इस जॉब में? सुबह-शाम, दिन-दोपहर बस सोचते रहो, जवानी और बुढ़ापा खोजने में गुजार दो।

अमन बड़ी दिलचस्पी से उस शख्स को देख रहा था, जो अपनी धुन में कहे जा रहा था - ''पापा ने बहुत कोशिश की, मगर अंत में उन्हें मानना

ही पड़ा कि उनका बेटा एक अव्वल दर्जे का नालायक है, जो कम-से-कम साइंटिस्ट नहीं बन सकता।

“ये तो बहुत बुरा है... तुम्हें अपने पापा का दिल नहीं दुखाना चाहिए; वे तो नाराज रहते होंगे तुमसे..?”

“हाँ रहते तो हैं, लेकिन उनकी नाराजगी में वो प्यार छिपा है, जो अपने को बहुत पसंद है; पर आजकल वो कुछ ज्यादा ही नाराज हैं... यार, कई दिनों से उन्होंने मुझे उल्लू का पट्ठा नहीं कहा।”

अमन बमुश्किल अपनी हँसी रोक सका। अब तो यह शख्स उसे कुछ ज्यादा ही अजीब लगने लगा था। फिर भुवन एकदम हड़बड़ाते हुए कहा- “ओ यार... अपना डेस्टीनेशन आने वाला है; तू ऐसा कर ... मैं अपना एड्रेस तुम्हें देता हूँ... तू आज शाम को मेरे घर आ जा, आज की शाम बस तेरे ही नाम हो जाये।”

“आज नहीं..कल”, अमन ने कहा तो भुवन ने ऐतराज जताते हुए कहा- “लो... कर दी न हिन्दुस्तानियों वाली बात... यार, कुछ तो जापानियों से सीख!”

‘मतलब...?’

भुवन ने उसे समझाते हुए कहा- “देख यार, अपने हिन्दुस्तान में एक दोहा पढ़ाया जाता है- काल करे सो आज कर, आज करे सो अब...।”

‘करेक्ट...।” अमन ने उसकी बात काटते हुए कहा- “पल में प्रलय होयेगा, बहुरि करेगा कब?”

‘बरोबर...’ भुवन ने कहा- “यह लाइन लिखी हिन्दुस्तानी ने है, पर इसे अपने जीवन में उतारा है जापानियों ने... काम, काम और बस काम, लाइफ में कुछ पेंडिंग नहीं...।”

“ठीक ही तो करते हैं वो... समय को महत्व तो देना ही चाहिए।”

“बरोबर... जब इतना समझदार है तो आज का काम कल पर क्यों छोड़ता है?”

अमन समझ गया कि भुवन ने उसे अपने शब्दजाल में घेर लिया है। उसे भी एक जोक सूझा। उसने कहा- "मैं भी तो अपने देश की परम्परा को निभा रहा हूँ।"

"वो कैसे?"

अमन ने भी शायराना अंदाज में कहा-

"आज करे से कल करो, कल करे सो परसों,

जल्दबाजी क्यों करनी है, समय अभी है बरसों।।"

भुवन मुस्करा उठा, बोला- "मास्टर आदमी है तू... बहुत मजा आयेगा..कल ही सही... नाइस मीटिंग...।"

अपना बैग उठाकर रवाना होते हुए भुवन ने अमन को चूम लिया। अमन ने भी मुस्कराकर उसे 'बॉय" कहा।

* * *

आखिरकार, रात के दो बजे अमृता के सब्र का बाँध टूट गया और वह झल्लाती हुई आलोक से बोली- "अब बस भी करो आलोक!"

आलोक ने अपने कलम की तेज रफ्तार को जारी रखते हुए कहा- "ख्वामखाह इल्जाम दे रही हैं मोहतरमा... अभी तो मैंने शुरू भी नहीं किया है और आप कह रही हैं कि...।"

'उफ...!' अमृता की झल्लाहट और बढ़ गई- "तुम्हें तो हर बात में मजाक सूझता है, कुछ तो उम्र का लिहाज करो; अब तो बेटा भी जवान हो गया...।"

आलोक ने मुस्कराकर पूछा- "बेटा के जवान होने का ये मतलब तो नहीं कि बाप बुड्ढा हो जाये।"

"अब बात में तो मैं तुमसे जीत नहीं सकती।" इस बार अमृता अपनी झल्लाहट में अनुरोध मिश्रित करके बोली- "अब सो भी जाओ आलोक, सुबह तुम्हें ऑफिस जाना है; ऑफिस में सोओगे तो नौकरी हाथ से जायेगी

और नहीं सोओगे तो बीमार पड़ जाओगे...।''

''चिन्ता मत करो, यह जापान है।'' आलोक लापरवाही से बोला तो अमृता ने कहा- ''यह तो मुझे भी पता है कि यह जापान है, मगर जापान में ऐसी खास बात क्या है जो...।''

''यहाँ ऑफिस में सोने पर बॉस ऐतराज नहीं करते।''

'क्या...!' अमृता आश्चर्य से उछल पड़ी और आलोक उसकी ओर मुखातिब होता हुआ बोला- ''हाँ, बल्कि बॉस की नजर में सम्मान बढ़ता है कि यह मुलाजिम काम के दबाव के कारण सो रहा है; ऐसे लोगों को पुरस्कृत किया जाता है।

अमृता के आश्चर्य की सीमा नहीं रही। वह अपने आप में बोल पड़ी- ''अजीब देश है।''

''हाँ कुछ मायने में तो सचमुच अजीब है, मगर अच्छा है।'' अब आलोक, अपना काम खत्म कर पूरी तरह अमृता से मुखातिब हो गया। अमृता ने आश्चर्य से पूछा-क्या अच्छा है?''

आलोक ने कहा- ''लास्ट रिजल्ट मैटर्स! जापान एक विकसित देश है, यहाँ साक्षरता दर 100 प्रतिशत है, यहाँ के लगभग सभी लोग सम्पन्न हैं।''

''हाँ... वो तो है, मगर कुछ बातें तो मुझे बहुत ही अजीब लगती हैं।''

''वो क्या...?''

''अपने ऊपर वाले फ्लोर में जो आंटी रहती हैं न... फिफ्थ फ्लोर पर...''

'लो', आलोक ने उसकी बात काटते हुए कहा- ''जापान की हवा लगते ही तुम्हारी मैथमेटिक्स गड़बड़ा गई; हम लोग थर्ड फ्लोर में रहते हैं और हमारे ऊपर वाला फ्लोर चौथा फ्लोर कहलायेगा...।''

''यहाँ तो आप मात खा गये जनाब...।'' अमृता, मसखरी करती हुई बोली- ''जापान में 4 नम्बर को अशुभ माना जाता है, इसीलिए अक्सर

बिल्डिंग्स में तीसरे फ्लोर के बाद वाले फ्लोर को पाँचवा फ्लोर कहा जाता है।''

'ओह!' आलोक चौंका- ''मैं तो भूल ही गया था; यहाँ दरअसल हर जगह फोर्थ नम्बर को अवॉयड किया जाता है... दरअसल, यहाँ के लोग इस नम्बर को मौत से जोड़कर देखते हैं; अच्छा, तो क्या हुआ उस आंटी को...?''

''उसने ढेर सारी काली बिल्ली पाल रखी है।''

''ओह! शिट्'' आलोक झल्लाया- ''ध्यान रखना पड़ेगा कि कहीं घर से निकलते हुए काली बिल्ली रास्ता न काट जाये।''

''मगर यहाँ तो काली बिल्ली को शुभ माना जाता है।''

आलोक अपने आप में बड़बड़ाया- 'गजब...!'

''मगर यही इस देश का आखिरी आश्चर्य नहीं हो सकता; ज्यों-ज्यों समय बीतता जायेगा, कई और अजब-गजब बातें हमारे सामने आयेंगी और हमें चाहे-अनचाहे उन सभी अनएस्पेक्टेड्स को सिर आँखों पर लेना पड़ेगा।

'यकीनन...' आलोक बोला- ''जैसा देश... वैसा भेष।''

आलोक, पलँग पर बिखरी हुई किताब-कापियों को समेटने लगा, फिर एकाएक चिहुँककर बोला-''एक बात तो तुम्हें बताना भूल ही गया।''

'क्या..?' अमृता उत्सुकता से बोली।

''किशोर बाबू के लिए एक अच्छे जॉब की बात हुई है।''

अमृता खुशी से झूम उठी- ''अरे वाह! तब तो खूब मजा आयेगा... लेकिन वो शायद ही जापान आना पसन्द करें।''

थोड़ी-सी मायूसी फैल गई अमृता के चेहरे पर। आलोक ने जोश-खरोश से कहा- ''चाहें या न चाहें, उन्हें यहाँ आना ही पड़ेगा; पहली बात, जॉब इतनी लाजवाब है कि इस अपारच्युनिटी को मिस करना आसान नहीं

होगा; दूसरी बात, उन्हें हर हाल में हमारा प्यार यहाँ खींच लायेगा।''

''भगवान करे।'' अमृता ने दुआ की। आलोक ने पूछा-''मजा आया?''

अमृता ने स्वीकृति में सिर हिलाया। आलोक ने रोमांटिक होते हुए कहा- ''इससे ज्यादा मजा तो अब आयेगा, लाइट ऑफ होने के बाद...।''

अमृता जब तक समझ पाती, आलोक ने लाइट ऑफ कर दिया। अंधकार में थोड़ी देर के लिए अमृता की ना-नुकुर व आलोक के हास-परिहास की आवाज उभरती रही, फिर गहरी खामोशी छा गई।

* * *

किशोर बाबू किसी मीटिंग से घर लौटे थे। वे हमेशा की तरह आज भी कुछ ज्यादा ही गंभीर थे। सीमा ने रोज की तरह आज भी रटे-रटाये वाक्य से उनकी अगवानी की- ''इतने परेशान क्यों दिख रहे हो?''

किशोर बाबू ने गहरी साँसें लेते हुए कहा- ''हाँ सीमा...आज कुछ ज्यादा ही परेशान हूँ, सोच रहा हूँ नौकरी छोड़ दूँ।''

'क्यों...?' सीमा हड़बड़ाई।

''कंपनी में एक नया अफ्सर आया है, उस पर गोरी चमड़ी का कुछ ज्यादा ही असर है; उसकी अकड़ मुझसे बर्दाश्त नहीं होती... हो सकता है किसी दिन तैश में आकर डंडा कर दूँ साले को...।''

सीमा मुस्कराने लगी। किशोर बाबू को सीमा का यह मुस्कराना बिल्कुल बेमतलब का लगा।

किशोर बाबू चिढ़कर बोले- ''तुम्हें हँसी आ रही है?''

सीमा ने नजाकत से हाँ में सिर हिलाया तो किशोर बाबू को यह वहम हुआ कि कहीं सीमा पागल तो नहीं हो गई। लेकिन सीमा पूरे होशो-हवास में, पहले की ही तरह नजाकत के साथ बोली- ''वैसे आपको यह नौकरी छोड़ ही देनी चाहिए।''

आश्चर्य से आँखें फैल गईं किशोर बाबू की। वजह यह थी कि अक्सर ऐसे मौके पर पत्नियाँ अपने पति को घर के खर्चे, बाल-बच्चों के भविष्य वगैरह-वगैरह की दुहाई देती हैं, लेकिन सीमा आज जिस तरह अपने पति के विचारों का स्वागत कर रही थी, उनका अचंभित होना भी जायज ही था। उन्होंने संतोष की साँस ली।

"तुमने मेरे मन का बोझ हल्का कर दिया सीमा...मैं सोच रहा था कि तुम इस निर्णय में मेरा साथ नहीं दोगी, लेकिन...अब तो कल ही रेजिगनेशन लेटर थमाता हूँ मि0 ऑफिसर को...।"

"बिल्कुल...यह काम कल फर्स्ट ऑवर में ही होना चाहिए और उस पर आप मोटे-मोटे अक्षरों में ये लिखेंगे कि आपको इससे लाख गुना अच्छी नौकरी मिल रही है और आप जल्द-से-जल्द जापान के लिए प्रस्थान कर रहे हैं।"

'क्या!' आश्चर्य से मुँह बिचका लिया किशोर बाबू ने- "यह क्या कह रही हो तुम?"

"सच कह रही हूँ; आज दो-दो चिट्ठियाँ आई हैं-एक जापान से और दूसरी अमेरिका से, अभी लेकर आती हूँ।"

किशोर बाबू बुरी तरह कंफ्यूज हो रहे थे, तभी सीमा दोनों चिट्ठियाँ लेकर आयी। ज्यों-ज्यों चिट्ठी के मजमून खत्म हो रहे थे, उनके चेहरे पर चमक बढ़ती जा रही थी। चिट्ठी खत्म होने के बाद वो एकाएक फिर गंभीर हो गये। सीमा आश्चर्य से बोली- "अब क्या हुआ? शांति अमेरिका में खुश है, आलोक भाई साहब सपरिवार जापान में खुश हैं; जापान से इतना अच्छा अवसर आपके घर आया है और आप हैं कि मुँह लटका रहे हैं।" अपनी बात खत्म करते-करते सीमा ने जब गौर से अपने पति के चेहरे को देखा तो उसके होश उड़ गये, असीम आशंका से उसका रोम-रोम सिहर उठा। हड़बड़ाकर पूछा उसने- "आपकी आँखों में आँसू...! क्या...? क्या हो गया?" किशोर बाबू ने पहले अपने आँसू पोछे, फिर मुस्कराने की कोशिश करते हुए कहा- "सच पूछो...तो देश छोड़कर जाने का मन नहीं कर रहा।"

"तो क्या आप...?"

"सोचना पड़ेगा...।" किशोर बाबू ने कहा- "देश मेरा दिल है तो आलोक मेरी धड़कन है; वह दिल की इतनी गहराइयों में उतर चुका है कि अब उसके बिना एक पल भी अच्छा नहीं लगता।"

सीमा आश्चर्य से उसका मुँह ताकती रह गई, फिर उसने समझाते हुए कहा- "आलोक ने अपने पत्र में इस बात का जिक्र किया है कि- "उसने स्वतंत्रता-संग्राम के लिए अच्छी-खासी रकम चंदे में दी है और अब हर महीने देता रहेगा; देशप्रेम, देशभक्ति या आजादी की लड़ाई में अपनी भागीदारी इस तरीके से भी तो दी जा सकती है। जापान में आपके लिए आलोक ने जिस तरह की नौकरी का इंतजाम किया है, जितनी अच्छी सैलरी आपको मिलने वाली है, आप भी आर्थिक सहयोग करते हुए आजादी की लड़ाई में अपनी भागीदारी निभा सकते हैं, फिर चिन्ता कैसी?"

* * *

भुवन अपने घर पहुँचा तो देखा कि अमन ऑलरेडी उसके घर पहुँच चुका था और दूर से ही उसे अपने मम्मी-पापा से बात करते हुए देख, उसने यह अनुमान भी लगा लिया कि अमन ने उसके मम्मी-पापा के साथ अच्छी ट्युनिंग बना ली है। जैसे ही वह उन लोगों के सामने पहुँचा, उसे देखते ही शरद तलपड़े यानि भुवन के पापा ने कहा- "लो अमन... आ गया हमारा सुपरस्टार।"

भुवन ने अपने पापा की बातों को अनसुनी करके सबको विश किया और अमन को तो खींचकर गले लगा लिया। फिर अमन से कहा- "मेरे घर में तुम्हारा स्वागत है...मेरे दिल में तुम्हारा स्वागत है...मेरी जिन्दगी में तुम्हारा स्वागत है।" तभी उसके पापा ने टोका- "ओ हीरो, कुछ काम की बात भी करेगा या...।"

"ओके...ओके..." भुवन ने अपने पापा की बात काटते हुए कहा- "अब काम की बात ही करते हैं...।" कुछ दूर की सोचने का स्वांग करने के बाद वह अमन से बोला- "अमन...चलो तुम्हें यह शहर दिखाता हूँ।"

अमला तलपड़े की हँसी फूट पड़ी। शरद ने अमला पर आँख तरेरते हुए कहा- "तुम्हारी इन्हीं आदतों ने इसे खराब कर दिया है; उसकी हर आलतू-फालतू बात पर बत्तीसी निकालने का साफ-साफ यही मतलब निकलता है कि उसके बेमतलब की सोच को शह दे रही हो...।"

"रहने भी दीजिए...।" अमला बोली- "बच्चा ही तो है...उम्र आयेगी तो अक्ल भी आ जायेगी; आप तो खाली-पीली...।"

"बस, बस..." शरद ने खीझकर उसे रोका- "यह बताने के लिए शुक्रिया कि हमारा बीस साल का बेटा अभी बच्चा है... कोई बात नहीं, भगवान से दुआ करो कि बच्चे को जल्दी-से-जल्दी उमर भी आये और अक्ल भी..। जाओ बच्चा...घूमने जाना है न, जाओ, बाकी काम के लिए तो जिन्दगी पड़ी है... जाओ..."

अमला ने नाराजगी दिखाई- "आप भी न।"

तभी भुवन ने बड़ी बेशर्मी से कहा-"बॉय मम्मी...बॉय पापा..."

और अमन को खींचता हुआ घर से बाहर चला गया।

* * *

भुवन, अमन को सीधा समुद्र के किनारे ले आया और एक चट्टान पर बैठते हुए गहरी साँस ली - "चलो यार...पापा की झिक-झिक से छुट्टी तो मिली।"

अमन ने ऐतराज किया- "जिसे तू झिक-झिक कहता है न भुवन, वह तुम्हारे भले के लिए है।

"तो मैंने कब इंकार किया...?" भुवन ने पाला बदला- "मुझे भी पता है कि पापा कभी मेरा बुरा नहीं चाहेंगे; मगर यार...वो हाथ धोकर मेरी पढ़ाई के पीछे क्यों पड़े हैं? अब उन्हें कौन समझाये कि पढ़ो-तो भी मरना पड़ेगा, न पढ़ो-तो भी मरना पड़ेगा; जब हर हाल में मरना ही है तो..."

अमन को समझ में नहीं आ रहा था कि वह हँसे या खीझे। यह शख्स

उसे बिल्कुल अजीब-अजीब-सा लग रहा था। भुवन ने खुद अपनी बात अधूरी छोड़ी और फिर उसने बात बदल दी- ''अच्छा चलो, पापा का गुस्सा सिर आँखों पर, पर अब तू बता किधर जाना है?''

''भइ आज तो तेरी मर्जी ही मेरी मर्जी...।''

भुवन ने अर्थपूर्ण अंदाज में अमन को देखते हुए मुस्कराकर कहा- ''चल आज तुझे जन्नत की सैर कराता हूँ...डू यू लाइक टू बी ए होस्ट?''

अमन ने आश्चर्य से अपनी आँखें सिकोड़ी। भुवन ने उसे समझाया- ''देख भाई; हम हिन्दुस्तानी, दिलों के राजा होते हैं; दिल लेने और देने में हमारा मुकाबला इस यूनिवर्स में कोई नहीं कर सकता... चल आज तुझे दिल का बाजार और दिल का व्यापार दिखाता हूँ।''

अमन हड़बड़ाया-कहाँ? कैसे?

''बस, थोड़ी देर के लिए किराये का ब्वॉय फ्रेन्ड बन जा...।''

अमन हड़बड़ाकर दो कदम पीछे हट गया। आश्चर्य से बोला- ''किराये का ब्वॉय फ्रेंड...ये कैसी आफत है?''

''आफत नहीं... अवसर है दोस्त; जापानी लड़कियाँ किराये का ब्वॉय फ्रेंड हायर करती हैं, मौज-मस्ती और रोकड़ा-तीनों देती हैं।''

''रियली...!'' अमन आश्चर्य से बोला- ''ऐसा भी होता है?''

''इससे ज्यादा भी होता है...अगर किसी लड़की के साथ एक कमरे में, एक बिस्तर पर सोकर पूरी रात गुजारनी चाहो, तो ये भी मुमकिन है...मगर इसके लिए कोई पैसा नहीं मिलने वाला...''

''अमन का जैसे फ्यूज उड़ गया। भुवन आगे बोला-लेकिन मेरे भाई...सिर्फ बिस्तर पर सो सकते हो, इससे ज्यादा कुछ नहीं... हाँ दूर लेटकर आँखों में आँखें डालकर देखने की छूट है...इससे आगे बढ़े तो लड़की बुरा मान जायेगी।''

''हद है...!'' अमन अपने-आप में बड़बड़ाया। भुवन फिर बोला- ''या, चल आज मैं तुझे गीशा के घर ले चलता हूँ।''

"गीशा? यह क्या होता है?"

"नर्तकी...जापानी नर्तकी..."

"वहाँ जाकर क्या करेंगे?"

"नताइमोरी का दीदार करेंगे...।"

अमन खींझकर बोला- "अब ये कौन-सी बला है?"

"ध्यान से सुन," भुवन उसे बताने लगा-नताइमोरी उस खूबसूरत मॉडल को कहते हैं, जिसके नग्न शरीर पर जापानी व्यंजन सुशी और सशिमी परोसा जाता है।

"नग्न शरीर पर...!"

"हाँ...बिल्कुल नग्न शरीर पर...पहले उसके शरीर को ठंडे पानी से धोया जाता है, ताकि गरम व्यंजन का असर उसके शरीर पर न हो और वह तब तक टेबल पर लेटी रहती है, जब तक खाना खत्म न हो जाये...।"

'छीः...।' अमन नफरत से अलग छिटक गया। भुवन ने उसे जबरदस्ती अपनी बात सुनाई- "यह उन लड़कियों के लिए सामान्य-सी बात है यार; ऐतराज उसे तब होता है, जब कोई भद्दे कमेंट करता है या छेड़छाड़ करने की कोशिश करता है।"

"रहने दे...।" सख्त लहजे में बोला अमन-"ये तो नौ सौ चूहे खाकर बिल्ली हज को चली वाली बात हो गई... कान खोलकर सुन ले भुवन...मैं हिन्दुस्तानी हूँ और हिन्दुस्तानी ही रहना चाहता हूँ; ऐसे ऊलजलूल तरीके के मनोरंजन में मेरी कोई दिलचस्पी नहीं और अगर तू इस रंग में रँगा है तो आज मैं अपनी दोस्ती का "द इण्ड" करना पसंद करूँगा, गुड बॉय...।"

अमन तेजी से चल पड़ा। भुवन ने उसे पुकारा...कुछ दूर तक खदेड़ा भी, मगर अमन नहीं रुका। हालात की नज़ाकत को देखकर भुवन ने भी तत्काल पीछा छोड़ दिया।

* * *

अमन पूरी तरह अपसेट था। एक तो भुवन पर उसे बार-बार गुस्सा आ रहा था, दूसरा, वह शांति के खत को कई बार पढ़ चुका था। यह पहला मौका था उसके जीवन में, जब शान्ति से उसका पत्र-व्यवहार हुआ था। शान्ति ने अपनी फीलिंग को उकेरते हुए यह लिखा था कि किसी का महत्व बिछुड़ने या दूर चले जाने पर ही पता चलता है। बचपन से लेकर जवानी की दहलीज पर कदम रखने तक के कई झगड़ों का जिक्र उसने किया था-जो अमूमन उन दोनों के बीच हो जाया करता था। झगड़ों की व्याख्या भी की और अपनी गलतियों के लिए माफी भी माँगी। यह सब करते हुए शान्ति ने एक बार फिर छेड़ दिया उसे, पढ़ाई पर ध्यान लगाने की भी ताकीद की; शिक्षा और काबिलियत का महत्व भी समझाया और अंत में अपने एक दोस्त डेविड की चर्चा की, जो अमन की तरह ही इंटेलीजेंट है और उसके बहुत सारे गुण अमन से मिलते हैं।

अमन मन-ही-मन शांति के पत्र-लेखन की कला को दाद दे रहा था। पत्र के निन्यानवे प्रतिशत मजमून को बार-बार पढ़ने की इच्छा हो रही थी। सिर्फ एक बात अमन को नागवार गुजर रही थी-डेविड की चर्चा। अमन खुद भी यह तय नहीं कर पा रहा था कि डेविड की चर्चा उसे इतनी बुरी क्यों लग रही है।

शांति ने सख्त ताकीद की थी कि लौटती डाक से उसे बताया जाये कि वे लोग कैसे हैं? जापान में कैसा महसूस कर रहे हैं और जापान के बारे में अपने अनुभव विस्तार से लिखने को कहा था।

शान्ति ने इतने प्यार से अधिकार जताते हुए जवाबी खत की माँग की थी, जिसकी अवहेलना करने की हिम्मत नहीं जुटा पा रहा था अमन। उसने लेटर पैड और पेन तो निकाल लिया पत्र लिखने के लिए, लेकिन जेहन से भुवन को नहीं निकाल पा रहा था। बार-बार कोशिशों के बावजूद जब वह शाम के वाकये को भूल नहीं पाया तो खीझकर दो-चार गाली दे मारी भुवन के नाम पर और चेहरा ढक कर सो गया।

* * *

भुवन भी काफी अपसेट था। आज वह घर लौटा तो बिल्कुल खामोश

था। अपने मम्मी-पापा की अपेक्षाओं के विपरीत, वह सीधा अपने स्टडीरूम में कैद हो गया। पहले तो शरद और अमला उसके व्यवहार-परिवर्तन को देख अचंभित होते रहे, तर्क-वितर्क भी किये; अमला ने तरह-तरह की चिन्ता जताई, लेकिन शरद इस बदलाव से काफी खुश था। वह अमला से कह रहा था- ‘‘अमन जब पहली बार मेरे सामने आया तो मैंने उसे तिरस्कार की नजर से ही देखा था; सोचा कि मेरे आवारा बेटे का दोस्त है, आवारा ही होगा, लेकिन उसके व्यवहार और सूझ-बूझ ने मुझे उसकी ओर आकर्षित किया... उससे बात करते हुए, मैं उसकी प्रतिभा को टटोलता रहा। अमला, अमन वह शख्स है, जिस पर उसके माँ-बाप को नाज करना चाहिए।’’

अमला कुछ बोली नहीं, मगर उसके एक्सप्रेशन ने यह जाहिर किया कि वह अमन के बारे में कहे गए एक-एक वाक्य से सहमत है और व्यक्तिगत तौर पर भी अमन से प्रभावित है। शरद ने अपनी बात आगे बढ़ाते हुए कहा- ‘‘उसमें प्रतिभा है, लगन है, सपने हैं और कल्पनाएँ भी हैं; उसका विजन लाजवाब है, इच्छाशक्ति मजबूत है... काश! कि उसके ही रंग में रँग जायें मेरे साहबजादे भी।’’ अमला मुस्कराई और उठकर चल दी।

शरद ने छेड़ते हुए कहा-‘‘शायद बेटे के लिए प्यार छलक आया है श्रीमती जी के मन में... इसमें बुरा कुछ नहीं है, लेकिन, माँ को अपने बच्चों के लिए एक अच्छी गाइड भी बनना चाहिए।’’

अमला ने इस बार भी कोई जवाब नहीं दिया। वह अब तक दूर चली गई थी। शरद ने चिल्लाकर कहा-‘‘अमला! दरवाजा बंद कर लेना, मुझे कहीं जाना है।’’

* * *

अमन को आशा नहीं थी, मगर भुवन फिर उससे मिलने चला आया और वह भी उसके घर में। धर्मसंकट में फँस गया अमन। अब तक उसने अपने घर के सदस्यों के सामने भुवन का जिक्र नहीं किया था और घर आये मेहमान का अनादर करना उसके खून में नहीं था। उसने भुवन को अपने कमरे में ही बुला लिया। सच तो यह है कि भुवन की तरफ देखने तक की उसकी इच्छा नहीं थी, मगर भुवन... भुवन तो चिपकु निकला।

फेवीकोल से भी ज्यादा मजबूती से उसने अमन को खुद से चिपका लिया, जैसे उन दोनों के बीच कोई खटपट ही नहीं हुई हो। अमन की अंतर्रात्मा ने सरगोशी की- "इससे बड़ा बेशरम इस दुनिया में शायद पैदा ही नहीं हुआ हो।"

भुवन ने खुद को अमन से अलग करते हुए कहा- "सॉरी यार...कुछ मिसअण्डरस्टेंडिंग हो गई; हम दोनों एक-दूसरे को समझ नहीं पाये... अब तुम्हें कैसे समझाऊँ कि कल जिस बारे में बात हुई, मैं खुद भी वैसा नहीं हूँ; कभी इन चीजों को मैंने अटेंड नहीं किया, सब दूसरे से सुनी हुई बातें थीं; तू यकीन कर या न कर, लेकिन यही सच है।

"अगर यही सच है तो बहुत ही अच्छा है," अमन ने कहा-"लेकिन एक और बात है तुममें, जिसे मैं बिल्कुल पसंद नहीं करता हूँ।"

"कौन-सी बात...?"

"तेरी मौज-मस्ती से मुझे ऐतराज नहीं है, लेकिन यह सब इतना ज्यादा भी नहीं होना चाहिए कि पढ़ाई-लिखाई नजरअंदाज हो जाये... एक बात कहूँ भुवन?" भुवन की निगाहों ने ही जाहिर कर दिया कि वह अमन की बात सुनना चाहता है। अमन ने कहा- "जिन्दगी के बारे में तुम्हारा नजरिया गलत है; तुम्हारी सोच, तुम्हारे अपने सुख-संतोष के एंगल से जिन्दगी को देखती है; कभी दूसरों के सुख-संतोष को अपनी जिन्दगी का नजरिया बनाकर देखो...कभी दूसरों के लिए जीकर तो देखो...कितना आनंद है इसमें।

'सरेंडर...!' भुवन ने अपने दोनों हाथ ऊपर कर दिया। हाथ जोड़कर घुटनों के बल बैठ गया और अमन के सामने बोला-"हे परमपूज्य संत श्री अमन जी महाराज, आपका प्रवचन सिर आँखों पर; वादा करता हूँ कि शेष जीवन आपके मार्गदर्शन में ही गुजारूँगा, लेकिन आपको भी एक वादा करना होगा।"

भुवन की हरकत से अब तक अमन का गुस्सा काफूर हो चुका था। अंदर-ही-अंदर उसकी हँसी छूटने लगी, मगर भुवन के अंतिम वाक्य ने उसे सतर्क किया। वह चौंक उठा-"कैसा वादा...?"

“यही कि आज फिर तू मेरे घर आयेगा।”

“आज क्यों…?”

भुवन ने कहा- “कल तू मेरे लिए मेरे घर आया था; आज और आज के बाद मेरे पापा के लिए जायेगा।”

“मतलब…!” आश्चर्य से आँख सिकुड़ गई अमन की। भुवन ने माजरा स्पष्ट किया- “तूने बगैर बीन बजाये मेरे पापा को वश में कर लिया है; वह कह रहे थे कि मैं अमन से बार-बार मिलना चाहूँगा…हजार बार मिलना चाहूँगा।”

अमन का चेहरा खुशी से खिल उठा। वह बोला- “मैं कुछ टाइम शेयर करना चाहता था उनके साथ…कुछ मैटर डिस्कस करना चाहता था…उनके थॉट बहुत अच्छे हैं…।”

“तो जा न… भुवन ने कहा- रब ने मिलाई जोड़ी, एक शिला एक लोढ़ी।”

अमन का मुँह बिचक गया। भुवन ने पहेली को सुलझाया- “दोनों किताबी कीड़े एक-दूसरे को पसंद करने लगे हैं; अब दोनों एक-दूसरे से सुर में सुर मिलाने को बेकरार हो रहे हैं… बोथ आर मोस्ट वेलकम; मगर दोस्त, मेरी किरकिरी नहीं होनी चाहिए।”

“क्या…?” अमन चौंका- “यह क्या कह दिया तुमने?”

“देख भाई!” भुवन ने समझाते हुए कहा- “मुझे थोड़ा वक्त लगेगा; मैं कोशिश करूँगा कि जल्द-से-जल्द तुम्हारे और पापा के बीच मैं भी बैठ सकूँ, मगर एक बात कान खोलकर सुन लो-मस्तीखोर हूँ और यह मस्तीखोरी मरते दम तक मेरे साथ रहेगी, बुरा मत मानना।”

अमन ने पहले एक पल सोचा, फिर सहमति में सिर हिलाते हुए कहा- “अच्छा ठीक है; बस, अब मुझे थोड़ा-सा वक्त दो, किसी को पत्र लिखना है।”

“कोई खास है?” भुवन ने काफी उत्सुकता से पूछा।

“हाँ...बहुत खास है।”

‘गर्लफ्रेंड...?’

“गर्ल है, लेकिन गर्ल फ्रेंड नहीं है; वी आर ए नॉर्मल फ्रेंड।”

“कोई बात नहीं...समय से पहले और भाग्य से ज्यादा...”

अमन ने बात काटी- “फिर तू अपने रंग में आ गया।”

“सॉरी...!” भुवन बुदबुदाया- “आई एम वेरी-वेरी सॉरी; वो तेरी दोस्त हो या दिल की धड़कन...मैं तो उनका भाई बनना ही पसंद करूँगा... मेरी तरफ से भी प्रणाम और ढेर सारा प्यार लिख देना उसे, बॉय।” भुवन चला गया, लेकिन एक बार फिर अपने बारे में सोचने को विवश कर गया उसे। लेकिन इस बार हालात बदल चुके थे। वह जितनी बार भुवन के बारे में सोचता, उसके अजीबोगरीब चरित्र पर उसे हँसी आ जाती।

* * *

दिनकर राय ने पत्र को पूरी तरह पढ़ लेने के बाद प्यार से शांति को पुकारा। कोई उत्तर नहीं मिला...दूसरी बार भी पुकारा...तीसरी बार भी पुकारना पड़ा। शांति तो नहीं आई, अलबत्ता उसकी मामी ने तेज कदमों से आकर उसे चुप रहने अर्थात् शांति बनाये रखने का इशारा किया। दिनकर राय को कुछ समझ में नहीं आया। पत्नी ने फिर इशारों-इशारों में समझाने की कोशिश की, पर उसके पल्ले कुछ न पड़ा। खीझकर बोला- “अरी रागिनी...बोलो तो सही कि करना क्या है?”

“धीरे बोलिये...धीरे...।” रागिनी ने दबी आवाज में कहा तो दिनकर ने व्यंग्य से पूछा- “क्यों? पड़ोसी के घर में रेड पड़ रही है क्या?”

“नहीं बाबा,” इस बार रागिनी भी खीझकर बोली- “शांति, ध्यान पर बैठी है... मेडीटेशन कर रही है, धीरे बोलो।”

“ओह!” दिनकर को चौंकना पड़ा- “ध्यान...मेडीटेशन; ये सब क्या है? शांति ध्यान भी करती है?”

“योग-साधना की तो मास्टर है वो...।” रागिनी ने उसकी तारीफ

करने के अंदाज में कहा- "मेरी जो माइग्रेन वाली प्रॉब्लम थी न..."

"हाँ...।" दिनकर ने भी दिलचस्पी लेते हुए पूछा तो रागिनी बोली- "उसमें काफी सुधार आ रहा है, शांति ने ही एक्सरसाइज बताया था।"

'ओह!' दिनकर के होंठ गोल हो गये- "तो मेरी भांजी इतनी आध्यात्मिक है और मुझे ही नहीं पता; मेरे घुटने में भी प्रॉब्लम है, वह ठीक कर देगी?"

"बिल्कुल...हंड्रेड परसेंट ठीक कर देगी; जब उसका ध्यान खत्म हो जाये तो पूछ लेना, बॉय द वे, क्यों बुला रहे थे उसे?"

"कल ही इंडिया से चिट्ठी आई थी; मेरे ध्यान से उतर गया, अभी याद आयी तो सोचा चिट्ठी उसे दे दूँ।"

"सब कुशल-मंगल तो है वहाँ?"

"सब ठीक है... जीजाजी की नौकरी जापान में लगी है, उन्होंने कहा कि अब कोई भी पत्र-व्यवहार, प्रोफेसर आलोक के पते पर ही किये जायें।"

"ओह...!" रागिनी बोली-लो शांति भी आ गई।"

शांति उन लोगों के पास आई तो दिनकर ने एक ही दम में उक्त बातें बता दी और बगैर दम लिए सवाल दाग दिया- "तुम योग-साधना कब से करने लगी?"

"बचपन से ही करती हूँ मामाजी...आपको नहीं पता?"

"नहीं तो...किसी ने बताया नहीं।"

"यह तो मेरी ज़िन्दगी की खुराक है," शांति बोली- "इसके बगैर मैं जिन्दा नहीं रह सकती।"

"कमाल है...!" दिनकर ने कहा- "अमेरिका आकर लोग अपना कल्चर भूल जाते हैं; अपना देश, अपने लोग, सब भूल जाते हैं और एक तुम हो कि इस ध्यान-मुद्रा का निर्वाह यहाँ अमेरिका में भी कर रही हो।"

"इसमें बुरा क्या है मामाजी?"

“बात बुराई या भलाई की नहीं, लोगों की मेंटिलिटी की कर रहा हूँ; वैसे यह सब सीखा किससे? कोई गुरु तो होगा।”

“जी...देवकी नंदन स्वामी नाम है उनका; मगर वो खुद को मेरा गुरु नहीं मानते।”

“ये भी कमाल की बात है...” दिनकर ने आश्चर्य से कहा- “आज के समय में, जब लोग दूसरों के अच्छे काम का क्रेडिट हथियाने के लिए लड़-मर जाते हैं, यह देवकी नंदन स्वामी किस मिट्टी के बने हैं?”

“मिट्टी तो एक ही है मामाजी, सोच का फर्क है; स्वामी जी कहते हैं कि कोई देवर्षि रघुनंदन जी, पिछले साढ़े तीन सौ सालों से हिमालय की घाटियों में रह रहे हैं।”

साढ़े तीन सौ सालों से...! दिनकर इस तरह बिदका, जैसे किसी साँड़ ने उसे धोखे से सींग मार दिया हो। रागिनी के आश्चर्य का भी ठिकाना नहीं था। वह बोली- “ऐसा कैसे हो सकता है? इतने सालों तक भला कोई जिन्दा रह सकता है?”

परिस्थितिवश, शांति को प्रवचन देने के लिए बैठना पड़ गया। वह अपने मामा और मामी को समझाती हुई बोली- “हमारी आत्मा जिस शरीर में वास कर रही है, वह स्थूल शरीर यानी भौतिक शरीर है; इसे हम छू सकते हैं, देख सकते हैं; यह शरीर एक दिन नष्ट हो जायेगा। शरीर तीन तरह के होते हैं-स्थूल, कारण और सूक्ष्म। तीनों एक साथ हमारे अंदर मौजूद हैं। कारण शरीर, स्थूल और सूक्ष्म शरीर के बीच की कड़ी है। मानो या न मानो, लेकिन जिस तरह हमारी आत्मा दिखती नहीं है...लेकिन होती है, उसी तरह सूक्ष्म शरीर को भी हम आँखों से नहीं देख सकते...सिर्फ महसूस कर सकते हैं।”

शांति ने गहरी साँस लेकर कहा- “सोते समय, अंजाने में हम सूक्ष्म शरीर का अनुभव करते हैं, इन्हें हम स्वप्न कहते हैं... जागृत अवस्था में हम ध्यान द्वारा सूक्ष्म शरीर का अनुभव करते हैं। ध्यान में भरपूर विश्व-शक्ति मिलने के बाद हमारी चेतना एक बिन्दु की तरफ आकर्षित होती है और इससे हमारा सूक्ष्म शरीर मजबूत होता है। मृत्युपरांत आत्मा सूक्ष्म शरीर में

वास करने लगती है। यह शरीर जितना ही विकसित हो, उसकी आयु उतनी लम्बी होती है। हिमालय के दुर्गम पर्वत शृंखलाओं में आज भी ऐसे सैकड़ों सूक्ष्म शरीरधारी योगियों का निवास है। ये अपनी तप साधना में लीन रहते हैं, लेकिन जब धरती पर कोई मुसीबत आती है और परिस्थिति महापुरुषों, संतों, वैज्ञानिकों, राजनीतिज्ञों, विचारकों के नियंत्रण से बाहर होने लगती है, तब ये आत्माएँ संयुक्त रूप से पृथ्वी या पृथ्वी के वासियों को मुसीबत से उबारने का प्रयास शुरू कर देती हैं। उनका प्रयास सफल होता है तो हम कहते हैं कि-चमत्कार हो गया।

'ओह...!' मामा-मामी ने समझने के अंदाज में कहा। शांति फिर बोली- "ये चमत्कार वो खुद नहीं करते, बल्कि धरती के उस इंसान से करवा देते हैं, जिसकी इच्छाएँ, वासनाएँ, लालसाएँ कम होती हैं और जिनके हृदय में दया होती है... मामाजी, कभी विस्तार से बताऊँगी... फिलहाल, इतना बताना जरूरी समझती हूँ कि देवर्षि रघुनंदन जी भी पिछले डेढ़ सौ वर्षों से सूक्ष्म शरीर में वास करते हैं, शेष बातें बाद में....।

"जरूर...जरूर...।" दिनकर ने कहा। रागिनी बोली- "अब हमें तुमसे दीक्षा लेनी ही होगी; अच्छा शांति, तुम कभी देवर्षि रघुनंदन जी से मिली हो।"

"नहीं मामी...शायद अभी तक मेरी साधना उतनी मजबूत नहीं हुई। स्वामी जी कहते हैं कि जरूरत पड़ने पर वो स्वयं अपने शिष्यों को दर्शन देते हैं।"

'वाह!' दिनकर ने दाद दी- "तुम्हारे विचारों से मैं काफी प्रभावित हुआ... आश्चर्य सिर्फ इस बात का है कि तुम साइन्स की स्टुडेंट..."

शांति ने उसकी बात बीच में ही काट दी- "साइन्स भी अध्यात्म से ही शुरू हुआ है और एक दिन इस दुनिया को अध्यात्म की ही शरण लेनी पड़ेगी। आज जितने भी बड़े प्रयोग हुए हैं, उसकी थ्योरी हजारों साल पहले किसी-न-किसी ऋषि-मुनि ने ही दी थी, हमने तो सिर्फ उस थ्योरी का मशीनीकरण किया है।"

"अच्छा बाबा..." रागिनी बोली- "कभी देवर्षि रघुनंदन जी के दर्शन

हों तो मुझे भी बताना।''

''उनका दर्शन पाने की इच्छा मेरी भी है मामी,'' शांति बोली- ''बस एक बार वो मिल जायें, दो बातें उनसे जरूर पूछूँगी।''

''कौन-सी दो बातें?'' दिनकर की उत्सुकता बढ़ गई।

''पहला-कि यह दुनिया कहाँ जा रही है और दूसरा-कि, क्यों जा रही है?''

'मतलब...?''

''छल-कपट, झूठ-फरेब, धोखा-बेईमानी, लूटपाट-रक्तपात क्यों? किसलिए?''

''इतना क्यों सोचती हो?''

''क्योंकि गुलाम देश में पैदा हुई; होश सँभालते ही अंग्रेजों का अत्याचार देखा... मेरा देश जल रहा है और अब पूरा विश्व जलने वाला है।''

'कब?' दिनकर ने चिहुँक कर पूछा। उसके आश्चर्य की सीमा नहीं थी- 'कैसे?'

''आपने जर्मनी के हालात नहीं पढ़े हैं शायद; दूसरा विश्व युद्ध होकर रहेगा।''

''अरे! तुम जेनेटिक्स की स्टुडेंट हो या सोशल साइन्स की?''

''मेरे पढ़ने का उद्देश्य सिर्फ डिग्री नहीं है मामाजी; जहाँ जो मिल जाये, वही पढ़ लेती हूँ... आप गाँठ बाँधकर रख लीजिए... हिटलर दूसरे विश्व-युद्ध की भूमिका तैयार कर चुका है।'' रागिनी तो आँखें फाड़-फाड़कर शांति को देखती रही, मगर दिनकर हड़बड़ाकर बोला- ''बस...बस! अब बाकी बातें बाद में होंगी, पहले मेरे घुटने के दर्द का कोई इलाज बताओ।''

हँस पड़ी शांति। बहुत देर के बाद हँसी, वरना वह तो साक्षात चंडी का

रूप लेने लगी थी। वह बोली- "आप अपने बेडरूम में चलिये...एक्सरसाइज बता दूँगी; एक सप्ताह तक रोज करते रहेंगे तो ठीक हो जायेगा।"

वे तीनों बेडरूम की तरफ बढ़े। दिनकर, सीखने के लिए जा रहा था, शांति सिखाने के लिए और रागिनी तमाशा देखने के लिए।

* * *

शरद तलपड़े ने अपनी सभी ज्ञानेन्द्रियों को एकाग्रचित्त करके अमन की बातें सुनी। कुछ देर तक सोचता रहा, फिर दिमाग पर जोर डालकर उसकी छानबीन की, फिर बोला-"रामायण में प्रयोग किये गए रावण का विमान-पुष्पक, यही न!"

'जी।' अमन बोला और स्वीकृति में सिर हिलाकर हामी भी भरी। शरद तलपड़े ने कहा- "तुमने कभी चित्र में इस विमान को देखा है?"

"चित्र में तो देखा अंकल...मगर इस बात का क्या प्रमाण है कि वही असली पुष्पक की तस्वीर है; काल्पनिक भी हो सकती है?"

"जहाँ तक मेरी स्टडी है-पुष्पक में कुछ खास गुण थे; वह मंत्रों द्वारा अभिमंत्रित था, अपने मालिक की आज्ञा से वह मन की गति से उड़ सकता था और मन की गति प्रकाश की गति से तेज होनी चाहिए।"

"जी... यहाँ एक एक्जामपल है अंकल।"

"हाँ...बोलो..."

"अंकल...महान साइंटिस्ट 'आइंस्टीन' का कहना है कि, इस युनिवर्स में कोई भी चीज प्रकाश की गति से तेज नहीं चल सकती। अगर कोई ऑब्जेक्ट, प्रकाश की गति से तेज या प्रकाश की गति से चलता है तो वह आब्जेक्ट... ऑब्जेक्ट न रहकर प्रकाश बन जायेगा।"

"करेक्ट...।"

अमन आगे बोला- "जैसा कि हम जानते हैं कि प्रकाश की गति लगभग तीन लाख किलोमीटर प्रति सेकेंड है... अगर मन की गति प्रकाश

की गति से तेज हो, मान लीजिए दस गुना तेज हो, तो मन की गति तीस लाख किलोमीटर प्रति सेकेंड होगी, यानी चाँद और हमारे बीच की दूरी लगभग नगण्य होगी।''

'एग्जेक्टली...!'

''सवाल ये है कि अगर पुष्पक, मन की गति से चलता था तो वह प्रकाश में परिवर्तित क्यों नहीं हुआ? वैसे, पुष्पक पर भौतिकी के सभी गुण लागू नहीं होते हैं अंकल, वह अपना ईंधन वायुमंडल से प्राप्त करता था, ग्रहों के वायुमंडल के दबाव के अनुरूप उसके आकार बदलते थे। मैंने तो यह भी सुना है अंकल...उस पर चाहे कितने भी लोग बैठ जायें, मगर एक सीट हमेशा खाली ही रहती थी।''

शरद ने टोका अमन को- ''एक बार हम यह मान लें कि रामायण में जिस पुष्पक का वर्णन किया गया, वह सच है, तो सत्य की छानबीन करने में क्या हर्ज है। एक और बात है अमन...कि किसी का वाक्य आखिरी वाक्य नहीं होता... यह तो सिलसिला बनकर चलता आया है कि फलाँ ने फलाँ चीज के बारे में यह थॉट रखे। फिर बहुत समय के बाद कोई दूसरा उस थॉट को गलत साबित कर देता है और, जो महान हुए, वही महानता को प्राप्त करने वाले आखिरी आदमी नहीं थे...उसके बाद भी कोई और महान् बन सकता है... मेरे कहने का अर्थ यह है कि फिलहाल सभी पूर्वाग्रहों को ताक पर रखो और इस दिशा में अपना रिसर्च जारी रखो; अब मैं भी स्पेशली इस पर कॉन्सनट्रेट करूँगा और तुम्हें जब जिस समय मुझसे कुछ पूछना हो...मेरे पास उपलब्ध किसी भी सरकारी या व्यक्तिगत संसाधन का उपयोग करना हो...यू आर मोस्ट वेलकम; आई एम प्राउड ऑफ यू माई सन।''

शरद ने अमन का कंधा थपथपाया। अमन के धन्यवाद ज्ञापित करने के बाद जैसे कुछ याद आया हो शरद को। उसने अमन को अलर्ट किया- ''और सुनो अमन...आज के बाद इस बात का जिक्र कहीं किसी से मत करना।''

''क्यों अंकल...?''

शरद ने अर्थपूर्ण अंदाज में कहा-"दुनिया बड़ी जालिम है बेटे...यह दुनिया चमत्कार को नमस्कार करती है; जब तक तुम अपने लक्ष्य तक न पहुँच जाओ, इसे सात तालों में छिपा कर ही रखना।"

"ओके अंकल...मैं समझ गया; अब चलता हूँ अंकल।"

शरद से विदा लेकर अमन चल पड़ा। शरद, जाते हुए अमन को प्यार से, आदर से और हैरत से देखते रहे। उसके जाने के बाद उसने भगवान से दुआ की- "भगवान...इस लड़के को शक्ति देना...शक्ति में विश्वास और विश्वास में दृढ़ता देना।"

* * *

प्रोफेसर आलोक के घर मेहमानों की भीड़ जमा थी। दरअसल, उसने किशोर बाबू और सीमा के जापान आने की खुशी में एक छोटी-सी पार्टी रखी थी, जिसमें अपनी संक्षिप्त जान-पहचान के भारतीय परिवारों को आमंत्रित किया गया था। शरद और अमला जब पार्टी में पहुँचे, तो देखा कि लगभग सारे मेहमान आ चुके थे। आलोक ने शरद को किशोर बाबू से मिलवाया। उन दोनों के बीच की आवश्यक औपचारिकता पूरी हुई। इस बीच शरद ने महसूस किया कि, किशोर खुश नहीं है और उसने मेहमानों में अपनी सोच सार्वजनिक कर दी। किशोर झेंप गया। उसने बहलाने का प्रयास किया तो अमन बीच में टपकते हुए बोला- "अब तो सच्चाई स्वीकार कर लीजिए अंकल...आप शरद अंकल की नजरों को धोखा नहीं दे सकते।"

'क्यों...?' किशोर बाबू ने पूछा- "शरद जी इंटेलीजेंस ब्यूरो में काम करते हैं?"

"नहीं श्रीमान्..!" शरद ने कहा-"खाकसार एक अदना-सा वैज्ञानिक है।"

"और शायर भी।"

किशोर बाबू के टोकने पर शरद हड़बड़ाया- "अरे नहीं साब...मैं और शायर...।"

अमला ने बीच में आकर चुटकी ली- ''ये सच कह रहे हैं किशोर बाबू... शादी से पहले शायर होने का दम भरते थे; शादी के बाद मुझे पता चला कि अपने प्रेम-पत्र में इन्होंने जितनी भी शायरी लिखी थी, सबकी सब चुराई हुई थी...।'' अमला की बात पर सभी हँस पड़े। शरद ने पलटवार किया- ''उन्हीं शायरियों की बदौलत मोहतरमा मुझे हासिल हो सकीं, वरना ये तो गालिब पर जां निसार करती थीं।''

''अच्छा तो आप लोगों की लव-मैरिज है?''

''बदकिस्मती से...।'' शरद ने मजाकिया अंदाज में कहा तो अमला के तेवर गरम हो गए। वह एकदम से भड़क उठी। शरद की तरफ उँगली तानकर बोली-''बरोबर बोलने का है, लफड़ा नई मँगता है मैं।''

मेहमानों में हँसी फूट पड़ी। कुछ ने तो सीटियाँ भी बजा दी। उन लोगों ने खूब इंज्वाय किया इस माहौल को। तभी अमला बोली- ''देखो भाई लोग...अभी मैं जो बोलेगी...बरोबर बोलेगी, सौ टका सच बोलेगी।''

सभी उसकी बात ध्यान से सुनने लगे। अमला बोली-''अभी मैं जो भी बोली-सब जोक था; हमारी अरेंज्ड मैरिज है, हमारा रिलेशन टकाटक चल रिया है... ध्यान से सुनो, अब मैं एक राज की बात बताऊँगी...।''

शरद झेंप गया। सबका ध्यान अमला पर था। वह बोली-''मैं जानती हूँ कि किशोर बाबू क्यों खुश नहीं हैं।'' किशोर बाबू समेत सबके चेहरे पर उत्सुकता के भाव उभर आये। अमला बोली-''मैं भी खुश नहीं हूँ...मेरा हस्बेंड भी खुश नहीं है; मैं तो बोलूँगीं कि इस पार्टी में कोई खुश नहीं है।''

'कैसे...?' इस बार सीमा ने उत्सुकतावश पूछ लिया। अमला, सीमा के बिल्कुल करीब आकर बोली- ''परदेश में कोई खुश नहीं रह सकता मेरी बहन; परदेश का सोना भी अपनी मिट्टी से बदतर होता है। यह तो लाचारी है लोगों की-कि वह नकली मुस्कराहट के मुखौटे से अपने चेहरे की शिकन को ढक कर रखते हैं। मैं इस पार्टी में मौजूद एक-एक शख्स को चैलेंज करती हूँ कि अगर मैं झूठ बोल रही हूँ तो अपने सीने पर हाथ रखकर मेरी बात को झुठला दे।''

महफिल शॉक्ड हो गयी। थोड़ी देर तक गहरा सन्नाटा छाया रहा। कइयों की तो आँखें भी नम हो गईं। किशोर बाबू ने ताली बजाकर अमला की बात का समर्थन किया। अमला गंभीर लहजे में बोली-“देखो भाई लोग...कुछ तो मजबूरियाँ रही होंगी, जो हम और आप परदेश आ गये; मगर मेरा एक रिक्वेस्ट है आप लोगों से...अपना देश गुलाम है; आजादी की लड़ाई में आज भी कुछ माँओं की गोद सूनी हुई होंगी और कल भी होंगी...परसों भी होंगी। रोज कितनी ही सुहागिनें विधवा होती हैं। हम परदेश में हैं तो क्या हुआ...चाहें तो हम भी अपने देश के लिए कुछ कर सकते हैं; मैं तो चुपचाप यह काम कर लेती हूँ...पर; सबको करना चाहिए।”

शरद सबको संबोधित करता हुआ बोला- “लेडिज एण्ड जेंटलमेन...! माफी चाहता हूँ कि मेरी पत्नी ने महफिल की हँसी-खुशी में खलल डाल दिया, मगर मैं उनको दोष नहीं दूँगा... दरअसल सन् 1857 के सिपाही विद्रोह से आज तक इनके परिवार के बीसियों लोगों ने आजादी की लड़ाई में अपनी शहादत दी। यह लहू का असर है कि यह अपने देश के नाम पर अक्सर जज्बाती हो जाती है; माफी चाहता हूँ।”

“आपको अपने ऊपर फख्र करना चाहिए मि0 शरद...।” एक अन्य भारतीय मेहमान ने कहा- “इन्होंने हमें खूब प्रभावित किया और हम इनकी बातों का ध्यान रखेंगे; मुझे किसी ने बताया कि आपकी पत्नी गाती भी अच्छा हैं...और जब वो गाती हैं तो शमा बँध जाता है।”

“सोच लीजिए इंजीनियर साहब...।” शरद ने धमकी भरे अंदाज में कहा- “अगर गलती से इन्होंने राष्ट्रीय गीत सुना दिया तो आप सबके नसों का लहू फड़क उठेगा और आप लोग अपने-अपने घर जाने के बजाय सीधा सरहद के लिए कूच कर जायेंगे; यकीन आये तो आजमा लीजिए...।”

पार्टी उम्मीद से ज्यादा देर तक चली। देश प्रेम की बात भी हुई और हास-परिहास भी हुए। सबसे बड़ी बात ये रही कि इस पार्टी की बदौलत चन्दे के नाम पर भारी-भरकम रकम जमा हो गई। बस देर रात तक यह तय नहीं हो पाया कि देश की सेवा के लिए और कौन-कौन से तरीके अपनाए जाएँ।

* * *

शांति ने बड़ी बेरुखी से डेविड को अलविदा कहा।

यह अलविदा साफ तौर पर फाइनल ब्रेकअप जैसा ही था।

चन्द महीनों की यह दोस्ती जितनी गर्मजोशी से शुरू हुई थी, उतनी ही कड़वाहट के साथ खत्म भी हो गयी।

डेविड का दोष बस इतना ही था कि वह साइंटिस्ट 'जे. रॉबर्ट आइजनहॉवर' से बहुत प्रभावित था और उसके नये प्रोजेक्ट पर दिलो-जां से फिदा था। उसने अपनी छाती चौड़ी करके शांति को यह बताया था कि उसके पापा भी इस प्रोजेक्ट से जुड़े हैं- मिशन ट्रिनिटी यानी त्रिदेव के तहत परमाणु बम के निर्माण से। शांति, एटम बम का नाम सुनकर ही हिल गई थी। डेविड जब एटम बम की शक्ति के बारे में उसे बता रहा था तो उसके एक-एक शब्द, शांति के जेहन में भयानक विस्फोट कर रहे थे और वह एकदम से चीख पड़ी थी।

डेविड शॉक्ड रह गया था शांति के रौद्र रूप को देखकर, मगर शांति ने किसी की परवाह नहीं की। उसने डेविड ही नहीं, उसके बाप को भी कोसा... उसके वैज्ञानिक और उसके देश को भी कोसा और यह सब करके जब वह वापस अपने घर आ रही थी तो उसके हृदय से एक भयानक बवंडर उठ रहा था। आँखों के सामने मौत और तबाही का तांडव चल रहा था।

वह घर पहुँची तो किसी से एक शब्द बात भी नहीं की, सीधा अपने कमरे में घुसकर खुद को कैद कर लिया। विचारों के बवंडर से मुक्ति पाने के लिए सोने का प्रयत्न करने लगी, मगर...हॉय री किस्मत! जरा-सी आँख लगी कि सपने में भी बम फूट पड़ा...एक झटके में शहर तबाह हो गया। लाशों के बीच जले-अधजले लोग...बूढ़े-जवान-बच्चे...रोते-बिलखते-कराहते हुए।

शांति एक झटके के साथ उठकर बैठ गई। उसे लगा कि वो पागल हो जायेगी।

* * *

टेलीग्राम का नाम सुनते ही सीमा का कलेजा जोर से धड़कने लगा। जब तक अमृता, शांति का टेलीग्राम उसको थमाती, उसके कलेजे का खून सूखता रहा।

शांति ने अपने पापा के निर्देशानुसार आलोक के पते पर ही टेलीग्राम भेजा था, जिसका मजमून था- वह अमेरिका से बाहर निकलना चाहती है, उसका दम घुट रहा है।

सीमा और अमृता के कान के पास साँय-साँय हवा चलने लगी। किसी अंजानी आशंका से उनका हृदय जोर-जोर से धड़कने लगा। जेहन बिना पंक्चुएशन के एक ही सवाल बार-बार दुहराये जा रहा था- "क्या हुआ शांति को?"

आलोक और किशोर बाबू अपने-अपने ऑफिस में थे। तब तक इस टेलीग्राम के मैसेज को कैसे दबा के रखा जाये-यह बहुत मुश्किल समस्या थी।

अमन को जैसे ही जानकारी मिली, उसका शक सीधा डेविड से जा टकराया। सच्चाई जानते-समझते तो देर लगेगी, लेकिन अमन, मन में तरह-तरह की कल्पना कर बैठा।

किसी के बारे में खुद अपनी राय बना लेना बेहद खतरनाक है।

अमन, अमेरिकन कल्चर के बारे में जितना जानता था, उसके हिसाब से उसने यही टार्गेट किया कि डेविड ने भोली-भाली शांति के भोलेपन का नाजायज फायदा उठा लिया है। गुस्से से खोपड़ी सुलग उठी अमन की।

अमन ने न अमेरिका देखा था, न डेविड को देखा था; फिलहाल तो सिर्फ कल्पना का सहारा ही था उसके लिए... और कल्पना के आधार पर डेविड का चेहरा उसके जेहन में उभर रहा था-उस चेहरे पर कमीनेपन की मोटी परत चढ़ी थी। निःसन्देह डेविड अगर इस समय अमन के सामने आ जाता तो अमन वगैर वक्त गँवाये, बिना डेविड से कुछ पूछे, उसे चीर-फाड़ डालता, उसका खून पी जाता; मगर वह क्या करे?

ऐसे हालात में कोई क्या कर सका है।

* * *

दो दिन बीत गए-शांति का बुखार नहीं उतरा। दिनकर और रागिनी ने उसका इलाज करवाने में कोई कोर-कसर नहीं छोड़ी। पहले फेमिली डॉक्टर, फिर हॉस्पीटल; शहर के नामचीन डॉक्टर की भी सेवा ली गई। पैसे को पानी की तरह बहा दिया गया-मगर बुखार टस-से-मस न हुआ। शांति इन दो दिनों में गूँगी होकर रह गई। जब मामा-मामी को हद से ज्यादा बेचैन देखा, तब शांति ने दिनकर से कहा- ''मामाजी...मैं अब अमेरिका में नहीं रहना चाहती।''

''मगर क्यों? शांति की बात सुनते ही उछल पड़ा था दिनकर। रागिनी की आँखें फटी-की-फटी रह गईं। उसे समझ में नहीं आ रहा था कि शांति ऐसा बोल क्यों रही है, जबकि दिनकर को एक पल के लिए रागिनी पर ही शक हो गया। उसने घूरकर देखा रागिनी को और उसकी घूरती हुई नजरों ने एक्सरे की तरह रागिनी के रग-रग को भेद डाला।

शांति, सिचुएशन को भाँपती हुई बोली- ''आप मामीजी पर बेकार शक कर रहे हैं मामाजी; इन्होंने तो कभी मुझे माँ और मामी का फर्क महसूस भी नहीं होने दिया।'' उसकी बातों ने रागिनी के मर्मस्थल को स्पर्श किया और रागिनी की आँखों से आँसू निकलने लगे। बेहद असमंजस में दिनकर ने पूछा-''फिर हुआ क्या?''

शांति रुआँसी होकर बोली- ''मत पूछिये मामाजी; मैं आपके किसी भी सवाल का जवाब नहीं दे सकती... मुझे तो बस यहाँ से जाना है।''

मातम का-सा माहौल बन गया वहाँ। दिनकर, खुद को करोड़ों मन के बोझ के तले दबा हुआ महसूस कर रहा था। उसके समझ में नहीं आ रहा था कि वह क्या बोले, क्या न बोले... क्या पूछे, क्या न पूछे।

वह कमजोर आवाज में स्वगत बड़बड़ा उठा- ''दीदी और जीजाजी क्या कहेंगे?''

''मैं उन्हें कुछ भी कहने का मौका नहीं दूँगी मामाजी; नजर मिलते ही उन्हें बता दूँगी कि आप लोगों ने मुझे इतना प्यार दिया, जिसे मैं जीवन भर

नहीं भूल पाऊँगी।''

''तुम एक बार फिर सोच लो बेटी...।'' रागिनी ने हिम्मत करके कहा।

''मैंने कई बार सोच लिया मामीजी...बहुत सोचने-समझने के बाद मैंने पापा को तार भेजा है।''

''क्या?'' आश्चर्य से उछल पड़ा दिनकर। रागिनी फटी-फटी निगाहों से शांति को देखने लगी। दिनकर थकी-थकी आवाज में बोल रहा था-''तुमने उन्हें टेलीग्राम भी भेज दिया; वेरी बैड, क्या सोचते होंगे वे लोग।''

''परेशान होंगे-सो अलग...।'' रागिनी बोली।

दिनकर का चेहरा सुर्ख हो गया था। वह अपने लॉकेट को उलट-पुलटकर अपनी बेचैनी का इजहार कर रहा था। उसके दिमाग में विचारों की आँधियाँ चलने लगी थीं, लेकिन जल्द ही उसने अपना निर्णय सुनाया- ''मैं कोई इंतजाम करता हूँ; अगर जापान जाने का इंतजाम हो गया तो मैं भी तुम्हारे साथ चलूँगा... वहाँ जाकर सोचेंगे कि क्या करना है; मगर शांति, तुम अपना दिल छोटा मत करना, अभी तुम्हारा मामा जिन्दा है।''

दिनकर ने शांति के सिर पर हाथ फेर तेजी से बाहर निकलते हुए रागिनी को फरमान सुनाया- ''शांति का ख्याल रखना; तुम्हें मेरे आने तक हमेशा शांति के पास ही रहना है।''

दिनकर चला गया। अब शांति भी रो रही थी और रागिनी भी रो रही थी।

* * *

जापान में किशोर बाबू, सीमा, आलोक, अमृता और अमन के वक्त बड़े मुश्किल से कट रहे थे। उन्हें सूचना मिल चुकी थी कि, शांति अपने मामा के साथ जापान आ रही है। अब उनकी चिन्ता में शरद, अमला और भुवन भी शरीक हो चुके थे। अमन और शरद के तालमेल ने इन तीनों परिवारों को आपस में जोड़ दिया था।

उन लोगों में तरह-तरह की चर्चाएँ होती थीं; आशंकाएँ पैदा किये जाते थे, फिर खारिज भी कर दिये जाते थे।

दरअसल-जो कुछ भी हो रहा था, उन लोगों की समझ से बाहर का हो रहा था। शांति ने अपनी जिन्दगी में कभी ऐसी जिद नहीं की थी, न ही कभी उसने अपने परिवारजनों या अपने जान-पहचान के लोगों के बीच ऐसा सस्पेंस क्रियेट किया था।

इंतजार की घड़ी लम्बी तो होती है।

किसी तरह कट रही थी।

* * *

जैसे-तैसे इंतजार की घड़ी कट गई। शांति अपने मामा के साथ जापान आ गई। यहाँ सबने उससे पूछा-टटोला, मगर उसने न तो किसी को अपनी दुःख-तकलीफ बताई, न ही अपने इरादे से टस-से-मस हुई। अलबत्ता, अमन के दिल में जो शंकायें उमड़ रही थीं, उनका उसने खंडन कर दिया।

दिनकर वापस अमेरिका चला गया। जाते-जाते वह शांति से अनुरोध करके गया कि वह अमेरिका वापस आ जाये।

शांति के स्वभाव में काफी परिवर्तन आ गया था। वह हमेशा गुमसुम रहती थी। भुवन का उसे इंतजार था। भुवन से अब तक उसकी मुलाकात नहीं हो पायी थी, क्योंकि शांति के जापान पहुँचने के ठीक पहले भुवन किसी जरूरी काम से टोक्यो चला गया था। अमन ने अपने पत्र में भुवन का जिक्र करते हुए लिखा था कि-तुम्हें एक बदमाश भाई मिल गया है, उसका नाम भुवन है; मेरी तुम्हारी तरह वह भी अपने माँ-बाप की इकलौती संतान है... तुम्हारा भाई बनने की इच्छा उसने खुद जाहिर की है। बहरहाल, शांति रोज की तरह आज भी गुमसुम बैठी थी। अमन एक पुस्तक लेकर वहाँ आया और शांति से बोला- “आज मैं तुम्हारा दिल बहलाने का सामान लेकर आया हूँ; यह एक बेहतरीन बुक है, इसे पढ़ लो-तुम्हें भी बहुत पसंद आयेगी।

शांति ने अनमने ढंग से अमन के हाथ में रखी किताब को देखा और

कहा- ''यह 'एच जी वेल्स' की बुक है-नाम है ''द वर्ल्ड सेट फ्री।''

''अमन चौंका- ''तुमने पढ़ी यह बुक...?''

उसकी बातों का जवाब दिये बगैर शांति ने कहा- ''यह किताब सन् 1914 में प्रकाशित हुई थी; इसमें युरेनियम से बनने वाले एक ऐसे बम की कल्पना की है एच जी वेल्स ने, जो अनंत काल तक फटता रहेगा और इसकी ताकत असीमित होगी... क्यों, यही है न?''

''हाँ...हाँ...बिल्कुल...।'' अमन हकलाया। शांति आगे बोली-''वेल्स साहब ने यह भी बताया है कि इसे हवाई जहाज से गिराया जायेगा।''

'करेक्ट।' अमन ने दाद देते हुए कहा, लेकिन अगले ही पल उसे चौंकना पड़ा। शांति का चेहरा काली-चंडी की तरह भभकने लगा था। वह हिस्टीरियाई अंदाज में चीखी- ''आग लगा दो इस बुक में, पन्ना-पन्ना नोंचकर जला दो!''

''क्या हो गया तुम्हें शांति...?'' अमन ने सहानुभूति जताते हुए कहा- ''माना कि तुम राइटर के थॉट से एग्री नहीं हो, लेकिन किताब फेंकने या जलाने से क्या होगा?''

शांति अब तक खुद को कंट्रोल कर चुकी थी। उसने कहा-''तुम ठीक कहते हो अमन; पुस्तक फेंकने या जला देने से कुछ नहीं होगा, लेकिन वह लेखक महान् कैसे हो सकता है, जो दुनिया को तबाह करने की कल्पना करे और उसका इंतजाम भी बताए?''

''कूल डाउन शांति...'' अमन ने उसे समझाया-''टेक इट इजी...यह तो एक कोरी कल्पना है।''

शांति ने अर्थपूर्ण अंदाज में पूछा- ''तुम्हें यह सुनकर कैसा लगेगा कि तबाही का वह सामान अब तैयार होने जा रहा है?''

'क्या...?' अमन को करंट-सा लगा-''नहीं...ऐसा नहीं हो सकता।''

''ऐसा हो रहा है अमन...,'' शांति ने अपनी एक-एक बात पर जोर देते हुए कहा- ''बहुत जल्द ही दुनिया को यह पता चल जायेगा कि

तथाकथित महान् लेखक- 'एच जी वेल्स' की कल्पना को 'जे. रॉबर्ट आइजनहॉवर' साकार करने जा रहे हैं।''

इस बार अमन भी अंदर-ही-अंदर थर्रा गया-''यह तो बुरी खबर है।''

''दुर्भाग्य से इस मिशन का नाम उन्होंने ''ट्रिनिटी'' रखा है- यानी त्रिदेव। जरा सोचो अमन, मनुष्य का नैतिक स्तर किस हद तक गिर गया है; दानव का निर्माण कर रहे हैं-त्रिदेव के नाम पर... अब तुम बताओ, इस संसार का भविष्य कहाँ देखते हो तुम?''

अमन, दिमाग पर जोर डालकर कुछ सोचने में मशगूल था, उसने कोई जवाब नहीं दिया। शांति खुद बोली- ''यह सवाल मैं तुमसे क्यों पूछ रही हूँ, इसका जवाब मुझसे बेहतर तुम दे ही नहीं सकते।''

''क...क्यों...? अमन ने चौंककर और हकलाकर पूछा। अमन को एक पल के लिए वहम हो गया कि शांति शायद उसकी गैरत को ललकार रही है। औरत को जितनी फ़िक्र अपनी अस्मत की होती है, मर्द को भी उतनी ही फ़िक्र अपनी गैरत की होती है।

मगर अमन ने अगले ही पल अपने वहम को थूक दिया। शांति बोली- ''इस सवाल का जवाब अपने दिल से पूछने की बजाय किसी औरत से पूछो...किसी माँ से पूछो, कि उसके कलेजे का टुकड़ा बिना किसी अपराध के मांस के लोथड़े में बदल जाये या भाप बनकर उड़ जाये तो उसे कैसा लगेगा... जी तो करता है कि इन महान् लेखकों और वैज्ञानिकों का गला घोंट दूँ।''

सहम गया अमन। शांति का रूप देखकर उसने चुप रहना ही उचित समझा। थोड़ी देर शांति भी चुप रही। पिनड्रॉप साइलेंस मौजूद रहा वहाँ। फिर शांति बोली- ''तुम क्या समझते हो कि मैं किसी और कारण से अमेरिका छोड़ आई?'' नहीं अमन...मेरे अमेरिका छोड़ने का सिर्फ एक ही कारण है कि वहाँ डेविड रहता है, उसका बाप ''ट्रिनिट्री'' के लिए काम करता है और वह इस आविष्कार को महान् आविष्कार कहता है। सोच का फर्क है-बस। बस इतना-सा फर्क है कि उसे इस दुनिया को बरबाद होते देखने में गुरेज नहीं, मैं इस दुनिया को हमेशा आबाद देखना चाहती हूँ। मुझे

आजकल बहुत बुरे-बुरे सपने आने लगे हैं अमन...मैं बहुत डर गई हूँ। जब भी इस संसार के भविष्य के बारे में सोचती हूँ तो, मानो या न मानो, मानव और मानवता दोनों खतरे में हैं।'' चुप हो गई शांति। अमन ने संतुष्टि की साँस ली। उसे लगा कि शांति ने अपनी परेशानी का राज उगल दिया है।

* * *

यह भुवन और अमन का सीक्रेट प्लान था। उद्देश्य था-शांति का मन बहलाने की कोशिश; उसे उसकी घुटती हुई दिनचर्या से कहीं दूर ले जाना। इसके लिए अमन ने भुवन को मोहरा बनाया था।

अमन जानता था कि शांति, भुवन से मिलने के लिए बेताब थी। अमन ने शांति को लिखे पत्र में और हाल-फिलहाल रू-ब-रू होकर भी भुवन की इतनी तारीफ की थी... उसे कुछ इस तरह इन्ट्रोड्यूस किया था कि शांति के मन में उसके लिए काफी सहानुभूति हो गई थी।

सुबह-सुबह अमन ने शांति से माउंट फिजी चलने को कहा तो वह एकदम टाल गई, लेकिन जब उसे यह बताया गया कि वहाँ भुवन का व्यक्तिगत काम है, जिसमें उसे हमारे सहयोग की जरूरत है और भुवन वहीं मिलने वाला है, तो शांति ने थोड़ी देर सोच-विचार करके हामी भर दी।

जब वे लोग स्टेशन पहुँचे तो पता चला कि, ट्रेन पन्द्रह सेकेण्ड लेट है। अमन ने खुद शांति को बताया -''यहाँ ट्रेनें लेट नहीं होतीं... जापान एक अनुशासित देश है, जिसमें यहाँ के प्रत्येक नागरिक और प्रत्येक सरकारी और गैर-सरकारी इकाइयों का सहयोग है; यहाँ की रेल अपने समय से ही चलती है और कभी-कभार लेट भी होती है तो ज्यादा-से-ज्यादा अठारह सेकेण्ड लेट होने का रिकार्ड है।''

''अच्छा...!'' शांति ने प्रभावित होकर कहा। अमन ने बताया- ''सबसे मजेदार बात यह है कि जब ट्रेन लेट होती है तो उस ट्रेन से सफर करने वाले प्रत्येक यात्री को रेल-प्रशासन द्वारा लिखित माफीनामा बाँटा जाता है।''

अब शांति कुछ ज्यादा ही प्रभावित नजर आ रही थी। उसने अमन से

पूछा- “अमन, जहाँ हम जा रहे हैं, यानी माउंट फिजी, वहाँ की खास बात क्या है?”

अमन ने बताया-“यह जापान की खूबसूरत जगहों में से एक है; यह जापान का सबसे ऊँचा पर्वत है और पर्वतारोहियों के लिए आकर्षक माना जाता है; इस कुदरती खूबसूरती को देखने के लिए हजारों की तादाद में पर्यटक आते हैं।”

“तब तो बहुत मजा आयेगा।” शांति खुशी से बोली-“मुझे पहाड़ बहुत पसंद है; अगर जिन्दगी बची, तो पहाड़ों में अपना घर जरूर बनाऊँगी।”

“इंशाअल्लाह, तुम्हारी यह ख्वाहिश जरूर पूरी हो; कहो तो देहरादून या मसूरी में तुम्हारे लिए लड़का देखूँ...?”

शांति ने अमन को झिड़क दिया। अमन ने महसूस किया कि यह मीठी झिड़की थी। तभी स्टेशन-अथॉरिटी द्वारा सूचना मिली कि ट्रेन कुछ ही सेकेंड में आने वाली है।

* * *

माउंट फिजी में भुवन बड़ी बेसब्री से शांति और अमन का इंतजार कर रहा था। अच्छी बात ये रही कि इंतजार लम्बा नहीं हुआ। शांति और भुवन आमने-सामने हुए तो भुवन ने मुस्कराकर अपने हाथ जोड़ लिये और जवाब में शांति ने भी ठीक वैसा ही किया। भुवन ने मसखरी करते हुए कहा- “माउंट फिजी में आपका स्वागत है; आज इस खूबसूरत स्थल की खुशनसीबी का दिन है।”

‘कैसे...?’ शांति ने उत्सुकता से पूछा। भुवन ने ड्रामेटिक अंदाज में कहा- “आपके चरण यहाँ पड़े और यह धरती धन्य हो गयी।”

बरबस शांति की हँसी फूट पड़ी। बहुत दिनों के बाद हँसी थी वह। अमन को लगा कि उसकी योजना सफल हो रही है। उसने इशारों-इशारों में ही भुवन को दाद भी दी और उसे अपना प्रयास जारी रखने को कहा, फिर अचानक उन दोनों के बीच आकर बोला-“माफी चाहता हूँ...भाई-बहन के

इस मिलन में मैं मूसलचंद बनने की बजाय सिर्फ दस मिनट की छुट्टी चाहता हूँ; आप लोगों को कोई ऐतराज तो नहीं होगा?''

''ऐतराज क्यों होगा भला...?'' भुवन ने तुरंत जवाब दिया- ''आप दस मिनट क्यों, बीस मिनट की छुट्टी ले सकते हैं; आप कौन-सा मेरे जीजा लगते हैं कि...'' शांति के चेहरे की रंगत बदलते देख उसने अपनी बात अधूरी छोड़ दी। शांति का चेहरा शर्म से सुर्ख हो रहा था। भुवन ने तेवर बदलकर अमन से कहा- ''अबे जा न यार... पर एक बात ध्यान में रखने का है-अच्छे बच्चे की तरह जाने का और अच्छे बच्चे की तरह आने का है, लफड़ा नई मँगता है मैं...बरोबर...?''

शांति एक बार फिर विहँस उठी थी। अमन मुस्कराते हुए चला गया तो भुवन ने शांति से पूछा-''सिस्टारा...एबम की सेवा की?''

शांति ने आँखें सिकोड़ी- 'क्या?'

''बहन जी, मैं आपकी क्या सेवा कर सकता हूँ?''

''कौन-सी भाषा थी यह?'' शांति ने उत्सुकता से पूछा। भुवन ने बताया- 'बँग्ला।'

''तो आप बंगला भी बोल लेते हैं?''

''हे...! बांग्ला की, पंजाबी भी बोलना कारा सकदा है...''

''पंजाबी भी...?''

''याबुदे पंजाबी अदे, नानु तमिलु एल्ला तेलुगु, कन्नाड़ा माट्टु भारतादा भाषेगाला माटानुडुबल्ला...''

शांति बुरी तरह हँस पड़ा, बोली-''ये कौन-सी भाषा है?''

'कन्नड़।'

'ओह...!' शांति बोली-''अच्छा तो कन्नड़ में क्या कहा आपने?''

भुवन ने बताया- ''पंजाबी ही नहीं, तमिल, तेलगु, कन्नड़ और भारत की सभी भाषा बोल सकता हूँ।''

शांति खुलकर हँसी और भुवन को दाद देती हुई बोली-''बड़े दिलचस्प आदमी हैं आप, आपसे मिलकर बहुत अच्छा लगा।''

'ता...!' भुवन ने संक्षिप्त-सा शब्द बोला। शांति फिर दिलचस्पी से बोली-''अब ये कौन- सी भाषा है?''

'गुजराती।'

''क्या कहा आपने गुजराती में...?''

''बहुत-बहुत धन्यवाद...!''

शांति ठहाका मारकर हँस पड़ी। तभी अमन भी कुछ खाने-पीने की चीजें लेकर आ गया। वह शांति को ठहाका मारते देख थोड़ी दूर ही ठिठक कर देखने लगा। बहुत अच्छा महसूस कर रहा था वह। शांति की हँसी जरा-सी रुकी कि भुवन ने बोलना शुरू किया-''यू वाटासी वा हिन्दोसुतान ओ अरूइटे इरू कोटो ओ रम इट्टु कुदासाई।''

शांति ने इस बार कुछ नहीं पूछा। हैरत से भुवन को देखने लगी। भुवन ने खुद बताया-''खाकसार ने जापानी में फरमाया कि-यूँ कह लीजिये कि मैं चलता-फिरता हिन्दुस्तान हूँ।''

'इन्टरेस्टिंग...' एक बार फिर हँसी शांति। बोली-''सच पूछो तो मैंने आपके जैसा इंसान अपनी जिन्दगी में पहली बार देखा है।''

''सही फरमाया...'' भुवन ने कहा-''मेरे पापा भी अक्सर कहा करते हैं कि मैं नमूना हूँ... नमूना मिंस ''सैंपल''...।''

इस बार शांति हँसी तो फिर रुकी नहीं। हँसती रही...लोटपोट होकर हँसती रही।

* * *

किशोर बाबू ही नहीं, सीमा, आलोक, अमृता और अमला भी चिंतित थे। सिर्फ शरद ही बेफिक्र थे। उसने वहाँ मौजूद सबको समझाते हुए कहा-''नो डॉट...शांति एटम बम और संसार के भविष्य में सोचकर शॉक्ड हुई और डिप्रेशन में उसने अमेरिका को छोड़ने का मन बना लिया; मगर यहाँ

अच्छी बात यह है कि अभी उसने वहाँ कोई इंस्टीट्यूट ज्वाइन नहीं किया था... मैं तो कहता हूँ कि अभी उसके सारे रास्ते खुले हैं और जापान में भी बहुत सँभावनाएँ हैं... बायोलॉजी के लोगों में भी मेरी बहुत अच्छी सर्किल है, शांति यहाँ भी एक नई शुरूआत कर सकती है।''

दरअसल शांति के माउंट फिजी जाने के बाद उसी के मुद्दे पर शरद के घर में एक खास मीटिंग हुई थी। शरद ने अपनी राय रखी, तब सीमा ने अपनी बात रखी- ''एक बड़ी समस्या यह भी है कि वह कुछ ज्यादा ही डिप्रेशन में लगती है; न खाने-पीने का कोई ठिकाना है, न सोने-बैठने का... पढ़ना-लिखना तो छूट ही गया...''

अभी उसकी बात अधूरी ही थी कि अमन और भुवन वहाँ आ गये और अमन ने सीमा की बात सुन भी ली। उसने बुलंद आवाज में कहा-''अब चिन्ता करने की कोई बात नहीं...शांति ने आज खूब इंज्वाय किया, ढेर सारी शॉपिंग भी की...।''

''क्या-क्या खरीदा उसने?'' किशोर बाबू ने उत्सुकता से पूछा तो भुवन ने जोकर-सा मुँह बनाते हुए कहा-''बुक्स...किताबें।''

शरद, अमला, आलोक और अमृता तो हँस पड़े, लेकिन किशोर बाबू और सीमा सिर पर हाथ लेकर बैठ गए। सीमा बुदबुदायी-''न जाने यह लड़की किताब के सिवा अपनी जरूरत की और चीजें कब खरीदेगी; किसी और चीज में उसकी रुचि ही नहीं है। अरे! इस उमर की लड़कियाँ तो कपड़े, गहने, कॉस्मेटिक्स में इंटरेस्ट रखती हैं और एक मेरी बेटी है कि...।

''एनी वे...'' किशोर बाबू ने सीमा की बात काटते हुए कहा-''अच्छी खबर यह है कि शांति में अब सुधार आ रहा है; लेकिन यह चमत्कार हुआ कैसे?'' अमन ने भुवन की तरफ इशारा करते हुए कहा- ''यह है न अपना...नमूना...।'' एक बार फिर सब हँस पड़े। अमन ने कहा- ''इसने आज खूब हँसाया है उसे; इस बात की गारंटी है कि अब शांति अपने जीवन में इस नमूने को कभी नहीं भूलेगी।''

शरद उठ खड़ा हुआ। वह प्रसन्नचित मुद्रा में भुवन को देख रहा था।

भुवन ने महसूस किया कि उसके पापा ने इतनी प्रशंसा भरी नजरों से उसे कभी नहीं देखा था, जबकि शरद, भुवन के पास आकर बोला-''मैं तो तुझे निकम्मा समझता था, मगर तू तो मास्टर निकला रे मेरे नमूने... आ गले लग जा...बहुत बड़ा काम किया है तूने।''

शरद ने बाँहें फैलाईं। भुवन, सकुचाता हुआ शरद के गले लग गया। अमन ने ताली बजाई। सभी ने अमन का साथ दिया।

* * *

रेडियो पर जर्मनी द्वारा पोलैंड पर आक्रमण करने की खबर प्रसारित हो रही थी। शांति के घर में उसके अलावा अमन, भुवन और सीमा भी मौजूद थे। खबर खत्म होने के बाद भुवन ने कहा-''आखिर हिटलर ने अपनी हिटलरशाही दिखानी शुरू कर ही दी।''

शांति ने ऐतराज जताया-''शायद तुम्हारा विजन एकतरफा है भुवन।''

अब तक शांति और भुवन के संबंध इतने मधुर हो चुके थे कि वे लोग एक-दूसरे को तुम कहकर ही संबोधित करने लगे थे। शांति की बात ने भुवन का ही नहीं, बल्कि अमन और सीमा का ध्यान भी अपनी तरफ खींचा। शांति आगे बोली-''इतिहास गवाह है भुवन...जब कोई घटना घटित होती है तो उसके पीछे कोई-न-कोई वजह जरूर होती है।''

''मगर इस घटना की क्या वजह हो सकती है?''

''बताती हूँ।'' शांति बोली- ''इस घटना की वजह जानने के लिए मुझे अपना पक्ष दो पार्ट में रखना पड़ेगा, तुम्हें ध्यान से सुनना होगा।''

''बिल्कुल...'' इस बार अमन ने कहा- ''मैं भी यह जानने के लिए उत्सुक हूँ।''

शांति ने कहना शुरू किया-''तो शुरूआत करते हैं सन् 1919 के शुरूआती दिनों से; जब प्रथम विश्व-युद्ध खत्म हो चुका था। कहीं जीते हुए देश उनकी हत्या न कर दें-यह सोचकर जर्मनी का सम्राट नीदरलैंड भाग गया था। जर्मनी की जनता अब भगवान भरोसे थी। हालाँकि वहाँ एक कामचलाऊ सरकार का गठन हुआ, जिसने बिना किसी शर्त्त, हार स्वीकार

कर ली। इस युद्ध में फ्रांस और ब्रिटेन ने जर्मनी को घुटनों पर ला दिया था। जर्मनी को साठ अरब डॉलर का नुकसान हुआ, जो कि ब्रिटेन, फ्रांस और अमेरिका के कुल नुकसान से कहीं ज्यादा था। जर्मनी की आर्थिक स्थिति बिल्कुल चरमरा गई। उसके आस-पास के देशों ने उसका बहुत बड़ा भौगोलिक हिस्सा हथिया लिया था। ब्रिटेन, फ्रांस और अमेरिका, जर्मनी से शरणागत-पत्र पर दस्तखत करवाना चाहते थे। इसके लिए 11 नवम्बर 1918 का दिन तय हुआ। फ्रांस के कैपिंग नामक जंगल में एक ट्रेन में बैठकर इस काम को अंजाम दिया जाना था, जिसमें जर्मनी के प्रतिनिधियों के सामने ब्रिटेन, फ्रांस और अमेरिका के प्रतिनिधि मौजूद थे।''

शांति एक मिनट रुकी, फिर बोली-''हालाँकि जर्मनी पूरी तरह तबाह हो चुका था और मित्र राष्ट्र के सामने कोई दुश्मन भी न था, इसीलिए अमेरिका, शरणागत-पत्र पर दस्तखत करवाकर बात को रफा-दफा कर देना चाहता था, मगर ब्रिटेन और फ्रांस अलग ही मूड में थे। वे जर्मनी को इसके लिए अलग से सजा देना चाहते थे और इसके लिए 28 जून, 1919 की तारीख तय हुई। स्थान तय किया गया-पेरिस से बीस किलोमीटर दूर ,फ्रांस के दूसरे नम्बर का ऐतिहासिक शहर-बर्सेल्स। 28 जून, 1919 को लगभग आधी दुनिया बर्सेल्स में मौजूद थी। वहाँ जर्मनी से एक संधि पर दस्तखत करवाया गया, जिसे बर्सेल्स करार या बर्साय संधि कहते हैं। इस संधि के मुताबिक, जर्मनी का आधे से ज्यादा भाग बिना शर्त आस-पास के देशों को दे देना पड़ा। फ्रांस और ब्रिटेन ने जर्मनी के नेचुरल रिसोर्सेज पर भी कब्जा कर लिया। जर्मन डिफेंस के सारे हथियार ले लिए गये। जर्मनी के तमाम गोल्ड और वेल्थ पर भी कब्जा कर लिया गया, ताकि जर्मनी दुबारा युद्ध न लड़ सके, इसीलिए उस पर शर्त रखी गई कि न तो वे एक लाख से ज्यादा सैनिक रख सकते हैं, न ही बड़े हथियार बना सकते हैं; इसके अलावा, प्रथम विश्व यद्ध के नुकसान के तौर पर जर्मनी से एक सौ बत्तीस अरब डॉलर वसूले गये, जबकि इस युद्ध को जर्मनी ने शुरू ही नहीं किया था। यह है पहला पार्ट।''

''और दूसरा पार्ट...?'' भुवन ने उत्सुकता से पूछा। शांति कहने लगी-''अब हम एक बार सन् 1918 की बात करें... जर्मनी का एक

मिलिट्री हॉस्पिटल, जहाँ युद्ध में घायल सैनिकों को इलाज के लिए भर्ती किया जाता था; उसमें कुछ ठीक होते थे, कुछ मर भी जाते थे। जो ठीक होते थे, उनमें वापस युद्ध में जाने की इच्छा न के बराबर होती थी। उसी हॉस्पिटल में अट्ठाइस वर्ष का एक सैनिक भर्ती था, जिसकी आँखें, दुश्मनों के द्वारा छोड़े गये जहरीले गैस के कारण खराब हो चुकी थीं। वह अंधा हो चुका था, फिर भी युद्ध में वापस जाने के लिए बेताब था। वह जर्मनी के लिए लड़ना और मरना चाहता था। डॉक्टरों की दवाओं की बजाय वह अपनी इच्छाशक्ति के बल पर चार महीने में स्वस्थ होकर हॉस्पिटल से बाहर आ गया। उस सैनिक का नाम था-''एडोल्फ हिटलर।''

सीमा, भुवन और अमन भी चौंके। उन्हें यह सब पता नहीं था। भुवन ने उत्सुकता से पूछा- 'फिर?'

शांति बोली-''जब तक वह सैनिक हॉस्पिटल से बाहर आया-पिछले चार वर्षों से चल रहा युद्ध खत्म हो चुका था। प्रथम विश्व युद्ध में बहादुरी के लिए उसे कई मेडल भी मिले थे, जिसमें उसकी कोई दिलचस्पी नहीं थी। उसके मन में अपने सम्राट, अपनी सरकार और बर्साय संधि के लिए नफरत पैदा हो गयी था। वह बर्साय संधि का बहिष्कार करना चाहता था, अपना भौगोलिक क्षेत्र वापस लेना चाहता था। इसके लिए उसने अपने जैसे लोगों को इकट्ठा करके एक संगठन तैयार किया, जिसने बाद में 'नेशनल सोशलिस्ट जर्मन वर्कर पार्टी' के नाम से एक पार्टी का रूप ले लिया, जिसे हम 'नाजी' के नाम से भी जानते हैं। इसके बाद हिटलर ने तख्तापलट का प्रयास भी किया, जिसमें असफल रहा। उसे जेल में भी रहना पड़ा।

काफी संघर्ष के बाद 1932 में उसकी पार्टी कुल चालीस प्रतिशत सीट ही जीत सकी। बावजूद इसके, अपनी सूझबूझ से वह चांसलर बन गया। उसने पहले अपने देश को आर्थिक, फिर सामरिक रूप से मजबूत किया। मित्र राष्ट्रों ने अब तक बर्साय संधि के बहिष्कार पर चुप्पी साध रखी है, जिसका परिणाम है-पोलैंड पर आक्रमण। जर्मनी का सबसे ज्यादा भौगोलिक क्षेत्र पोलैंड के कब्जे में ही है।''

शांति एक पल साँस लेकर बोली- ''युद्ध तो शुरू हो चुका है; मेरा दिल कहता है कि इस युद्ध के भीषण परिणाम होंगे... अब देखें आगे क्या

होता है। अब तुम लोग तय करो कि इस युद्ध के लिए कौन-कौन दोषी हैं?''

शांति चुप हो गई और इसके बाद वहाँ चुप्पी ही कायम रही। सब अपने दिमाग पर जोर डालकर पूरे घटनाक्रम को खँगालने लगे थे-चुपचाप।

* * *

शांति की भविष्यवाणी सच होती जा रही थी। विश्व के इतिहास के काले अध्याय में नित नये पन्ने जुड़ते जा रहे थे। इकसठ देशों की सेनाएँ यत्र-तत्र नरसंहार कर रही थीं। होलोकॉस्ट ने तो हद ही कर दी। धुरी राष्ट्र और मित्र राष्ट्र की जिद देखकर ऐसा लगने लगा था कि यह युद्ध पूरे संसार को ले डूबेगा। जापान भी इस युद्ध में शरीक हो गया था।

शांति के जीवन में अशान्ति आ गयी थी। वह कभी-कभी अपने आप से पूछती कि वह क्यों इतनी बेचैन रहती है? उसका मन अन्तर्द्वन्द्व में उलझकर रह जाता। अंततः उसने स्वीकार कर लिया-कि सारा दोष उसी का है, वह क्यों दुनिया की फिक्र अपने सिर पर लेती है?

उधर विश्व-युद्ध और इधर भारत का स्वतंत्रता संग्राम...शांति ही नहीं, संसार की आधी आबादी की दिनचर्या उलझकर रह गई थी। 1942 में रासबिहारी बोस जब 'आजाद हिन्द फौज' नामक सशस्त्र सेना का जापान की मदद से टोक्यो में संगठन कर रहे थे; तो देश-दुनिया ही नहीं, उसका अपना घर भी इसमें उलझकर रह गया। उसके पापा खुद कब घर आते, कब चले जाते, उसे कुछ पता नहीं चलता। अमला तलपड़े ने पूरी तरह अपने आपको 'आजाद हिन्द फौज' के मिशन के लिए समर्पित कर दिया था। सीमा, अमृता के अलावा जितने भी भारतीय परिवार थे, सबकी महिलाओं को क्रान्तिकारी बना दिया था उसने। जापान के सहयोग से 'आजाद हिन्द फौज' का गठन मजबूत होने लगा था। उसने अपने सभी भारतीय युद्धबंदियों को मुक्त कर दिया था, ताकि ये युद्धबंदी 'आजाद हिन्द फौज' की सेना में शामिल हो सकें। बर्मा और मलाया के भारतीय स्वयंसेवक भी इसमें शामिल हो गये थे। उन्हीं दिनों सुभाष चन्द्र बोस के जापान आने की खबर थी। टोक्यो रेडियो पर उनका भाषण प्रसारित हुआ। उनसे प्रभावित

होकर रासबिहारी बोस ने उन्हें अपने संगठन का सुप्रीम कमांडर बना दिया। जब सुभाष चन्द्र बोस ने सिंगापुर से 'दिल्ली चलो' का नारा दिया, तो किशोर बाबू और अन्य कई भारतीयों में सुगबुगाहट होने लगी कि उन्हें स्वदेश वापस लौट जाना चाहिए; मगर...

* * *

वक्त अपनी रफ्तार से गुजरता जा रहा था, मगर यह महायुद्ध खत्म होने का नाम नहीं ले रहा था। जापान के हालात अच्छे नहीं थे। धुरी राष्ट्र या तो पराजित हो चुके थे या अपने कदम वापस खींच लिए थे, मगर जापान अभी भी अड़ा हुआ था। अमरीका, बमबारी करके उसके साठ से ज्यादा शहरों को तबाह कर चुका था। साढ़े आठ महीनों से इसके अहम शहर यूएसए फोर्स की सेचुरेटेड बमिंग रेज से तबाह हो रहे थे, मगर इससे जापान के इरादे टस-से-मस न हो रहे थे। नागासाकी अभी तक उन तबाहियों से बचा हुआ था... मगर शांति से ऐसे तनावपूर्ण हालात अब झेले नहीं जा रहे थे। वह कई बार अपने आप से पूछ चुकी थी, अमन से भी पूछ चुकी थी, अब भुवन से पूछ रही थी- ''आखिर यह युद्ध खत्म क्यों नहीं होता? कब खत्म होगा यह?''

''यह तो इन दोनों पक्ष के आकाओं को ही पता होगा। जापान तो कुछ शर्तों के साथ युद्ध खत्म करने की पेशकश कर चुका है, मगर मित्र राष्ट्र, जापान की किसी भी शर्त को मानने को तैयार नहीं हैं।''

''आखिर किसी एक को तो झुकना होगा न भुवन... वरना...''

''इसकी उम्मीद बहुत कम लगती है; अमेरिका की मानसिकता तो तुम्हें पता ही है।''

शांति ने स्वीकृति में सिर हिलाया। उसकी नजरों में अमेरिका के लिए अच्छे भाव नहीं थे। भुवन ने कहा-''जापान की मानसिकता भी कुछ हट के है; यहाँ की सेना और यहाँ के लोग बेहद अड़ियल हैं, एक अजीब-सी सोच है इनकी।''

'जैसे...?'

भुवन ने कुछ पल सोचने में खर्च किया कि शांति को किस तरह यहाँ की मानसिकता समझायी जाये। फिर जैसे उसे याद आया। उसने कहा- ''मासाबुमी होसोमो का नाम तुमने सुना है?'' शांति ने कुछ याद करने की कोशिश की। बड़ी बारीकी से खंगाला अपनी याद्दाश्त को, मगर इस शख्स का नाम उसके जेहन में कहीं नहीं था। उसने इन्कार में सिर हिलाया। अमन बोला- ''यह नाम उस शख्स का है, जिसने डूबते हुए टाइटेनिक से अपनी जान बचा ली... फर्ज करो, तुम्हारी जान-पहचान का, या तुम्हारे देश का कोई आदमी ऐसी सिचुएशन से जान बचाकर आ जाये तो तुम क्या करोगी? या तुम्हारे देश के लोग क्या करेंगे?''

''मुबारकबाद देंगे...।''

''लेकिन जापान में ऐसा नहीं है; तुम्हें यह जानकर आश्चर्य होगा कि जापान के लोगों ने ताने मार-मारकर उस बेचारे की जिन्दगी झण्ड कर दी।''

शांति को यकायक हँसी आ गई। वह हथेली अपने मुँह पर चिपका कर हँसी रोकने का प्रयास करने लगी। भुवन ने कहा- ''लोगों ने उसे भगोड़ा कहा; उससे बस एक ही सवाल सबने पूछा कि, जहाज के लोगों को डूबता हुआ छोड़कर तुम भाग कैसे आये, तुम्हें भी उन्हीं लोगों के साथ डूबकर मर जाना चाहिए... ये मानसिकता है।''

शांति ने आश्चर्य से अपने होंठ गोल कर लिए। उसके लिए तो यह बात एक अजूबे की तरह ही थी। भुवन ने कहा- ''जापान की सेना को यही सिखाया जाता है कि उन्हें सम्राट और साम्राज्य की सुरक्षा के लिए जीना है। उन्हें पता है कि वह पराजय स्वीकार करेंगे, तो अमेरिकन, जापान की साम्राज्य-व्यवस्था को खत्म कर देंगे। यह अपने इम्पीरियल को बचाने के लिए लड़ रहे हैं और शायद आखिरी दम तक लड़ते रहेंगे।''

शांति ने लम्बी साँस छोड़ी। उसने कहा- ''लेकिन युद्ध की भी कुछ नैतिक शर्तें होती हैं; सिविलियन पर वार करना...''

भुवन ने शांति की बात काट दी- ''हाँ...ये नोट करने वाली बात है कि इस युद्ध में नैतिकता और मानवता-दोनों तार-तार हो गये हैं, लेकिन हम कर भी क्या सकते हैं?''

शांति भी निरुत्तर होकर खिड़की से बाहर झाँकने लगी। भुवन भी उसके पास आ गया। उनकी खिड़की से जो घर नजर आ रहा था, वहाँ थोड़ी चहल-पहल थी। शांति ने अनुमान लगाया- "वहाँ कोई जलसा है।"

भुवन ने कहा-"हाँ...लेकिन यह जो चहल-पहल देख रही हो, यह उनके रिश्तेदारों की नहीं है।"

"तो...!"

"ये सब किराये के टट्टू हैं; मतलब, जापान में अगर आपको अपने आयोजन में चहल-पहल करवानी है, तो किराये का आदमी लाना पड़ता है; भारत की तरह मुफ्त में मेहमानों की भीड़ नहीं उमड़ती।"

शांति हँस पड़ी- "अजीब देश है।"

"अजीब नहीं...अजीबोगरीब है... यहाँ के लोगों को ताम-झाम बिल्कुल पसंद नहीं है; ये हमारी तरह नाच-उछलकर नव-वर्ष नहीं मनाते- मंदिर में एक सौ आठ बार घंटा बजाकर छुट्टी कर लेते हैं। रिश्तेदारों के आयोजन में शामिल होने का इन पर कोई दबाव नहीं होता, न ही यहाँ इस बात को जरूरी समझा जाता है। यहाँ हर काम के लिए किराये के लोग मिलते हैं... माफी माँगने के लिए भी।"

'क्या...!' शांति ने आश्चर्य से पूछा- 'कैसे'

"मान लो, तुमने कोई गलती कर दी; खुद माफी नहीं माँग सकती या माँगना नहीं चाहती, तो कोई बात नहीं...किराये के लोग उपलब्ध हैं, वो आपके लिए माफी माँग लेंगे।"

उन दोनों की बात हो ही रही थी, तभी सीमा आ गई। वह बोली-"एक ब्रेकिंग न्यूज है।"

"क्या...?" उन दोनों ने पूछा तो सीमा ने बताया-"अपना अमन अरबपति हो गया।"

'कैसे?' उन दोनों ने पूछा तो सीमा ने बताया- "भारतीय मूल के उद्योगपति, अनुपम राय, जिनकी जापान और भारत में बहुत बड़ी प्रॉपर्टी

है, अब नहीं रहे।''

'क्या...!' शांति आश्चर्य से बोली। भुवन ने कहा-''हाँ...उन्होंने शादी नहीं की थी।''

सीमा ने कहा- ''उन्होंने मरने से पहले अपनी वसीयत में सारी प्रॉपर्टी अमन के नाम कर दिया था।''

शांति को बात कुछ अटपटी- सा लगी- ''ऐसा क्यों किया उन्होंने?''

''यह तो वो ही जानें।'' भुवन ने कहा- अमन से उनके ताल्लुकात काफी अच्छे बन गये थे, वह अमन से काफी प्रभावित भी थे और हाँ, अमन ने उनकी सेवा भी बहुत की थी, शायद इसीलिए... अच्छा मैं चलता हूँ...देश-दुनिया की बाकी खबरों के साथ फिर आपके सामने उपस्थित होउँगा, तब तक के लिए नमस्कार...सत श्री अकाल...शब्बाखैर...।''

भुवन तेज कदमों से चला गया। उसके आखिरी वाक्य ने शांति के चेहरे पर मुस्कराहट ला दी। शांति अब न्यूज पेपर लेकर बैठ गई। फ्रंट पेज पर अमेरिका की खबर थी, लिखा था- कल 16 जुलाई, 1945 को अमेरिका ने अपने मिशन ट्रिनिटी का सफल परीक्षण किया। शांति ने हड़बड़ाकर अखबार फेंक दिया। उसके चेहरे का रंग सफेद हो गया, जैसे उसके शरीर का सारा खून निचोड़ लिया गया हो। उसके जेहन में यह पंक्ति उभरने लगी- ''तबाही का सामान तैयार हो गया।''

* * *

वह 5 अगस्त, 1945 की रात थी।

रात अगली तारीख में पहुँच गई, मगर शांति अभी तक सोई नहीं थी। अब जापान में सिर्फ पाँच दिन थे उसके पास। उसके पापा के अलावा कई भारतीयों ने जापान की नौकरी छोड़ दी थी और 10 अगस्त की फ्लाइट से पूरा कुनबा अपने देश वापस जाने वाला था।

आधी रात बीत चुकी थी, मगर शांति अपने नोट्स बनाने में व्यस्त थी... फिर उसे अपने प्रिय साइंटिस्ट तदाओ ओजू के रिसर्च नोट्स भी पढ़ने थे। तदाओ ओजू का दावा था कि उसकी नई खोज ह्युमन जेनेटिक्स

की दुनिया में एक वरदान साबित होगी। इस सुलझे हुए साइंटिस्ट से शरद ने मिलवाया था उसे और वह धीरे-धीरे उनकी विश्वासपात्र बन चुकी थी।

मगर अपने नोट्स खत्म होते-होते ऊँघने लगी थी वह।

नींद ने इस तरह आक्रमण कर दिया था, जिस पर उसका अपना कोई वश नहीं चला। उसे सोना पड़ा।

* * *

6 अगस्त, 1945 की सुबह भी आम दिनों के जैसी ही थी। सब-कुछ सामान्य था। लोग होनी-अनहोनी से बेखबर, अपनी-अपनी दिनचर्या में मशगूल हो गए थे। शांति, तदाओ ओजू के घर तकरीबन दस बजे पहुँची। उसे अपने सर से एक खास डिस्कशन करना था। उनके रिसर्च नोट के दूसरे ही पन्ने में कुछ ऐसा लिखा था, जिससे शांति सहमत नहीं थी। उसने आगे पढ़ना छोड़ दिया और तय किया कि पहले वह इस टॉपिक पर डिस्कस कर ले। उसके घर से मात्र दो किलोमीटर की दूरी पर रहते थे तदाओ ओजू, इसीलिए शांति, असमंजस या कोई शक-सुबहा पालने की बजाय आमने-सामने इस टॉपिक को स्पष्ट कर लेना चाहती थी। मगर जब वह उनके घर पहुँची, तो पता चला कि बीती रात ही वो हिरोशिमा के लिए प्रस्थान कर चुके हैं, आज वहाँ उन्हें एक खास मीटिंग अटेंड करनी है। शांति ने सोचा कि नागासाकी से हिरोशिमा की दूरी 423 किलोमीटर है, इस हिसाब से रात में ही उनका जाना जरूरी था। यह भी पता चला कि प्रोफेसर कल सुबह तक वापस आ जायेंगे।

शांति वापस अपने घर के लिए चल पड़ी।

उसे पता नहीं था कि हिरोशिमा अब तक लाशों से पट चुका है। वहाँ तबाही का नंगा नाच घंटे-डेढ़ घंटे पहले शुरू हो चुका है और उसके प्रिय गुरु, तदाओ आजू की अस्थियों का कोई ठौर-ठिकाना नहीं बचा है।

* * *

शांति अपना सिर पकड़कर बैठ गई। उसके दिमाग की नस-नस जाम हो गयी थी। सिर्फ वही नहीं-पूरा जापान स्तब्ध था।

जापान ही नहीं-पूरा विश्व स्तब्ध था।

हिरोशिमा के परमाणु हमले के सोलह घंटे बाद वाशिंगटन रेडियो ने आधिकारिक तौर पर इस हमले की पुष्टि की।

शायद विश्व की कुल जनसंख्या के नब्बे प्रतिशत लोगों ने तो परमाणु बम का नाम भी नहीं सुना था... जिसने सुना था-उसे भी इसकी शक्ति का पूरा-पूरा अंदाजा नहीं था। दुनिया को बहुत देर बाद पता चल सका कि कयामत की उस सुबह सवा आठ बजे, अमेरिकी सेना के कर्नल पावेल के नेतृत्व में एनोला गे नामक अमेरिकी बमवर्षक बी-29 द्वारा लगभग इकत्तीस हजार फुट की ऊँचाई से चार्ल्स स्वीनी ने नौ हजार सात सौ पौण्ड वजन वाला युरेनियम से बना हुआ 'लिटिल ब्वॉय' नामक बम गिराया। सिर्फ तैंतालीस सेकेंड के बाद मानवता के अध्याय में एक हृदय-विदारक अध्याय जुड़ गया। इंसान ही नहीं, शैतानों को भी दहला देने वाला एक जोरदार धमाका हुआ। यह धमाका इतना बड़ा था कि फिजाँ में साढ़े ग्यारह मील की ऊँचाइयों पर उड़ रहा जहाज भी हिचकोले खाने लगा। शहर पर धुँआ छा गया। किसी को न कुछ दिखाई दे रहा था, न कुछ समझ में आ रहा था। सब-कुछ सख्त तपिश से पिघल चुका था। न तो फिजाँ में परिंदे बच गये, न ही जमीन पर इंसान, न हैवान। जहाँ बम गिरा, वहाँ इर्द-गिर्द एक मील के दायरे में कोई इमारत न रही। आग के गोलों का एक ऐसा तांडव चलने लगा, जिसने किसी को जिंदा न छोड़ने की कसम खा रखी हो। आग ने शहर के तकरीबन साढ़े चार मील के इलाके को अपनी लपेट में लिया हुआ था।

चूँकि सब कुछ मटियामेट हो चुका था... तेरह वर्ग किलोमीटर का क्षेत्रफल तबाह हो चुका था। किसी को खबर सुनाने वाला भी कोई न बचा था, खबर देने-भिजवाने वाले सारे तंत्र नेस्तनाबूद हो चुके थे, इसीलिए खुद जापानी अवाम भी तत्काल इस खबर से मरहूम रह गई। न बाप बचा न बेटा, न माँ बची न बेटी। किसी पर रोने वाला भी कोई न बचा। आसमान, आग की लपटों और धुएँ के गुबार से भरा हुआ था। चीख-पुकार, हाय-तोबा और इसके अलावा जो कुछ जमीन पर बिखरा था, वह देखने लायक नहीं था। कहीं लंच बॉक्स पकड़े हुए बच्चे का हाथ दिखा, तो उसका शेष

धड़ नहीं मिला। किसी की गरदन नहीं मिली, किसी का सिर तो किसी का पैर नहीं मिला। लगभग सत्तर हजार लोग तो पलक झपकते ही हलकान हुए, बाकी रेडियेशन के प्रभाव से चीखते-चिल्लाते-जलते और मरते रहे...।

* * *

संसार को मानो साँप सूँघ गया।

जापान में तो पत्ता खड़कने से भी डर लगने लगा था।

सारा जापान, चारों दिशाओं से हिरोशिमा की ओर भाग रहा था। किसी को अपने रिश्तेदारों की तलाश थी, तो कोई पीड़ितों की मदद करने जा रहा था। शांति भी उन्हीं लोगों में से एक थी।

उसने किसी की नहीं सुनी। किसी के समझाने-बुझाने का असर उस पर नहीं हुआ। उसने भी जिद पकड़ रखी थी कि उसे हिरोशिमा जाना है तो जाना है। थक-हारकर अमन को उसके साथ चलना पड़ा।

किशोर बाबू ने रवानगी से पहले उसे सख्त हिदायत दी थी कि हर हाल में नौ अगस्त की सुबह तक वापस आ जाना है।

ट्रेन, तेज गति से हिरोशिमा की ओर भागी जा रही थी। शांति, बुत की तरह बैठी थी। उसके सफेद चेहरे और सूजी हुई आँखों को देखकर यही अनुमान लगाया जा सकता था कि वह इतना रो चुकी है कि उसकी आँखों के आँसू भी सूख गए। तदाओ ओजू की सूरत रह-रहकर उसकी आँखों के सामने आ जाती। उसे याद आया कि उसने उनकी थ्योरी भी अपने साथ ले ली है। कभी उसे डेविड का चेहरा याद आ जाता तो कभी रोते-बिलखते, चीखते-चिल्लाते, मरते-तड़पते लोगों की काल्पनिक तस्वीर उसके जेहन में कौंध जाती। वह कभी गम, कभी अफसोस के भँवर में उतरने लगती तो कभी मारे क्रोध से उसकी आँखों से चिंगारी निकलने लगती। एक-एक पल को बड़ी मुश्किल से काटा उसने। नागासाकी से हिरोशिमा की दूरी मारे व्यग्रता के दो आकाशगंगाओं के बीच की दूरी के माफिक लगा उसे।

इतने लम्बे सफर में उसने एक बार भी अमन को नहीं टोका- न कुछ

पूछा, न बताया। आखिर ट्रेन हिरोशिमा के पास तो पहुँच गई, मगर आगे न बढ़ सकी। रेडियेशन जोन को पूरी तरह सील किया जा चुका था, इसमें घुसने की इजाजत किसी को नहीं थी।

* * *

किशोर बाबू व उनके आस-पास जितने भी भारतीय परिवार थे, सभी एयररेड शेल्टर में आ गये थे। 6 अगस्त के हमले के बाद पूरे जापान के लोग खौफ के साये में जी रहे थे। तरह-तरह के कयास लगाये जा रहे थे। किशोर, आलोक व शरद के परिवार के लोगों की चिन्ताएँ कुछ ज्यादा ही बढ़ी हुई थीं। वे लोग शांति और अमन की कुशलता की कामना कर रहे थे। सीमा ने व्यथित होकर कहा-"चाहे जो करना पड़े...मगर अब हम वापस अपने देश चले जायेंगे, अब हम यहाँ नहीं रहेंगे।"

अमृता ने भी उसके सुर-में-सुर मिलाया-"आप ठीक कहती हैं; यहाँ के हालात अच्छे नहीं हैं और भविष्य भी अच्छा नहीं दिख रहा है... इस तरह डर-डर के जीने से तो अच्छा है कि हम वापस ही चले जायें।

"मैं तो कब से यह बात कह रही हूँ...।" अमला बोल पड़ी-"देश को हमारी जरूरत भी है; हम यहाँ रहकर देश के लिए जो कर सकते हैं, इससे ज्यादा वहाँ रहकर कर सकते हैं, क्यों जी...?" उसने शरद से पूछा। शरद ने कहा-"मैं भी यही सोच रहा हूँ।"

आलोक ने सख्त लहजे में कहा-"बस, एक बार इस मुसीबत से छुट्टी मिल जाये।"

किशोर ने कहा-"यूँ भी एक-दो दिन का मामला है, किसी तरह कट जाये।" तभी एक जापानी महिला, आँखें लाल-पीली कर उन लोगों पर बड़बड़ाने लगी। बड़ी देर तक बड़बड़ाती रही वह। भुवन ने कहा-"यह कह रही है कि जाना है तो चले जाओ, लेकिन जापान के डरे हुए लोगों के सामने कायरों जैसी बात न करो।" सब चुप हो गए।

* * *

शांति की तबियत बिगड़ने लगी थी। अमन को वापसी की यात्रा के

दौरान बीच में ही ट्रेन छोड़कर शांति को डॉक्टर के पास ले जाना पड़ा। 8 अगस्त का दिन यूँ ही बीत गया। हॉस्पिटल से निकलते-निकलते रात हो चुकी थी। अमन ने आगे का रास्ता ट्रेन की बजाय टैक्सी से तय करने का निर्णय लिया।

टैक्सी फर्राटे भरती हुई नागासाकी की ओर भागी जा रही थी। शांति के मन में अशांति उथल-पुथल मचा रही थी। देशकाल के हालात ने उसे डरा दिया था। वह जल्द-से-जल्द नागासाकी पहुँच जाना चाहती थी।

आधी रात बीत चुकी थी। टैक्सी को रुकना पड़ा। शांति झल्ला उठी, "ओह शिट!" शांति की यह झल्लाहट इतनी तेज थी कि ऊँघते हुए अमन की नींद काफूर हो गयी। वह जानता था कि शांति काफी डरी हुई है। उसने उसका मन बहलाने के लिए कहा-"धीरज रखो शांति, तुम्हें डरने की कोई जरूरत नहीं है, मैं हूँ न तुम्हारे पास...।"

शांति, अमन की तरफ खिसक आई। उसकी छाती पर अपना सिर रख दिया और उसे अपने आलिंगन में भर लिया। अमन को चौंकना पड़ा। शांति अब तक उसकी एक अच्छी दोस्त थी, मगर इस तरह, उसके इतना करीब नहीं आई थी। वह बोली- "तुम ठीक कहते हो अमन; तुम्हारे रहते मुझे डरने की कोई जरूरत नहीं है, इतना तो भरोसा है तुम पर... मगर यह डर मेरी अपनी जान के लिए नहीं है, बल्कि, अपनों के लिए है, तुम्हारे लिए है।"

अमन मुस्कराया-"हिम्मत रखो शांति...सब्र करो...यह सिर्फ एक फेज है-गुजर जायेगा; जयशंकर प्रसाद ने कहा था-हर अमंगल के पीछे मंगलकारी कामना होती है।"

"तुम ठीक कहते हो; इस बुरे वक्त ने मुझे तुम्हारे इतना करीब आने का मौका दिया है; अमन, मेरा इस तरह करीब आना, तुझे बुरा तो नहीं लगा?"

"बहुत अच्छा लगा।" अमन ने गहरी साँस ली-"बुरा तो तब लगेगा, जब तुम मुझसे दूर जाने की कोशिश करोगी।"

शांति ने मुस्कराने का प्रयास किया-"ऐसा कभी नहीं होगा; भगवान ने

हमें एक जगह जन्म ही शायद इसीलिए दिया कि हम हमेशा साथ रह सकें... हमेशा... मरते दम तक... जनम-जनम तक; विल यू मैरी मी अमन?''

अमन की मुस्कराहट गहरी होने लगी। उसने मुँह से तो कुछ नहीं कहा, लेकिन शांति को उसकी खामोशी में भी अपने मन के मुताबिक जवाब मिल गया। उसने अपने आलिंगन को और मजबूत कर दिया और पूरे इत्मिनान के साथ अमन के दिल की धड़कन को सुनने लगी।

टैक्सी चल पड़ी।

* * *

अब लोगों के मन से हमले का डर निकल गया था। सब लोग शेल्टर छोड़कर अपने-अपने घरों को लौट आये, लेकिन चार लोग ऐसे थे, जिन्हें न नींद थी, न मन को चैन मिल रहा था- वह थे अमन और शांति के माँ-बाप। किशोर और सीमा भी आलोक के घर में ही थे। वे लोग एक जगह थे, पर उनमें से कोई न बोलना चाहता था न बैठना चाहता था। रात बीत चुकी थी। सुबह हो गई और सूर्यदेव भी पधार चुके थे, लेकिन इन चारों जीवों को तसल्ली नहीं मिल रही थी।

प्रत्येक के मन में तरह-तरह की चिंताएँ-आशंकाएँ उभर रही थीं। तभी एकाएक एयर रेड वार्निंग से नागासाकी गूँजने लगा। आलोक भागकर खिड़की के पास आया और बाहर झाँककर आसमान की तरफ देखा- एक अमेरिकी प्लेन आसमान में चक्कर काट रहा था। सीमा हड़बड़ाकर बोली- ''लगता है, शेल्टर में जाना पड़ेगा।''

''हाँ...'' आलोक ने गलियों में झाँकते हुए कहा-''लोग शेल्टर की तरफ ही भाग रहे हैं, लगता है हमला होने वाला है।''

किशोर टूटकर सोफे पर बैठ गया। अमृता बेचैन होकर बोली-''क्या करें?'' किशोर बाबू ने सख्त लहजे में कहा-''आप लोग चाहे जो करें, मैं तो कहीं नहीं जाऊँगा।''

''ऐसा क्यों कहते हैं भाई साहब...?'' अमृता तड़पकर बोली। तो

किशोर बाबू ने कहा-"कब तक यूँ ही भागते रहेंगे मौत के डर से? अगर नसीब में यही लिखा होगा तो यही सही; आप लोग जाइये, मैं यहीं बैठकर बच्चों का इंतजार करूँगा, न जाने कहाँ किस हाल में होंगे वो। किशोर की आँख से आँसू निकल पड़े। फिर तो वहाँ सामूहिक मातम-सा छा गया।

* * *

एक बार फिर लोग शेल्टर से बाहर निकलने लगे। एयर रेड वॉर्निंग खत्म कर दी गई थी। लोगों को यह खबर मिल चुकी थी कि आकाश में जो अमेरिकी प्लेन उड़ रहा था, वह बॉम्बर नहीं, बल्कि मौसम की जाँच करने वाला एक टोही विमान था। लोग अपने-अपने काम में लग गए।

लेकिन नागासाकी के लोगों को यह पता नहीं था कि आज वक्त उनके साथ कैसा भद्दा मजाक करने वाला है।

उन्हें नहीं पता था कि बीती रात के दो बजकर पचास मिनट पर मध्य प्रशान्त के ट्रिनियन एयरबेस से तीन अमेरिकी प्लेन बी-29 सुपर फोस्ट्रेट बॉक्सिका, ग्रेट आर्टिस्ट और विस्टिंग, मौत का पैगाम लेकर अपनी उड़ान भर चुके हैं। फर्क सिर्फ यही है कि उनका टार्गेट नागासाकी नहीं, बल्कि नागासाकी से 156 किलोमीटर दूर 'कोकुरा' नामक शहर है।

सार्जेन्ट विलियम वार्नी, ग्रेट आर्टिस्ट में सवार थे, जिन्हें विस्फोट को मापना था। 'विस्टिंग' का काम विस्फोट को फिल्माना था और 'बॉक्सिका' को बम गिराना था। इसके पायलट, मेजर स्वीनी इस मिशन के लीडर थे। बम गिराने का जिम्मा बमवार्डर बेहम पर था। इन तीनों प्लेन को 'याकुशिमा' एयर बेस पर मिलना था, फिर टार्गेट की तरफ साथ बढ़ना था।

सुबह आठ बजकर दस मिनट पर बाक्सिका, याकुशिमा पहुँच गया। थोड़ी देर में ग्रेट आर्टिस्ट भी पहुँच गया, लेकिन विस्टिंग अभी तक नहीं आया था। दोनों प्लेन आसमान में चक्कर काटते हुए तीसरे प्लेन का इंतजार करने लगे। लगभग चालीस मिनट तक विस्टिंग नहीं आया। रेडियो पर बात करने की सख्त मनाही थी, इसीलिए वो विस्टिंग को ट्रेस भी नहीं कर सकते थे। बॉक्सिका के फ्युल सिस्टम में प्रॉब्लम होने के कारण यह समस्या आ गई थी, कि वह ज्यादा इंतजार नहीं कर सकता था। ईंधन की

समस्या खड़ी हो रही थी। कोकुरा का मौसम साफ होने की उन्हें खबर मिल चुकी थी, अतः उन लोगों ने तीसरे प्लेन का इंतजार करने की बजाय, टार्गेट की तरफ बढ़ना ज्यादा मुनासिब समझा। दोनों प्लेन कोकुरा की तरफ उड़ चले। नौ बजकर बीस मिनट पर वे लोग याकुशिमा से कोकुरा के बीच तीन सौ नब्बे किलोमीटर की दूरी तय कर, कोकुरा शहर के पास पहुँच गये, लेकिन तब तक कोकुरा का मौसम एकदम खराब हो चुका था। आसमान बादलों से भर गया था। नीचे से तोप चलने की आवाजें आ रही थीं। इकत्तीस हजार फुट की ऊँचाई से शहर बिल्कुल भी नजर नहीं आ रहा था। आकाओं के सख्त हिदायत के मुताबिक, जब तक शहर नजर नहीं आये वो बम नहीं गिरा सकते थे। स्वीनी ने बमिंग रन शुरू करने का आदेश भी दे दिया था, मगर आखिरकार दस बजकर बीस मिनट पर उन्हें कोकुरा में बम गिराने का इरादा त्यागना पड़ा।

अब उनके साथ समस्या यह थी कि उनके पास इतना ही ईंधन बचा था कि वह प्लेन का वजन कम करके मुश्किल से अपने एयरबेस तक पहुँच सकते थे, इसीलिए अब उनका प्लेन सेकेंडरी टार्गेट नागासाकी की तरफ उड़ने लगा था। आज उनके पास हिरोशिमा पर गिराये गए नौ हजार सात सौ पौंड वजन व यूरेनियम पर आधारित परमाणु बम 'लिटिल ब्वॉय' की बजाय बाइस किलोटन टी एन टी की क्षमता व प्लुटोनियम पर आधारित परमाणु बम 'फैट मैन' था।

* * *

शांति और अमन की टैक्सी नागासाकी पहुँचने ही वाली थी। ज्यादा-से-ज्यादा दस मिनट में उनके नागासाकी शहर में दाखिल होने का अनुमान था। शांति ने घड़ी देखी-दस बजकर छप्पन मिनट हो रहे थे। तभी नागासाकी के आसमान में दो प्लेन को उड़ते देखकर उसके होश उड़ गये।

अज्ञात आशंका से दोनों का रोम-रोम सिहर उठा, मगर मुँह से कोई आवाज नहीं निकल सकी। दोनों एकटक उन प्लेन को देख रहे थे। थोड़ी तसल्ली उन लोगों को इसीलिए थी कि शहर एकदम खामोश था। एयररेड वॉर्निंग भी नहीं बज रही थी। अब वे शहर के काफी करीब पहुँच चुके थे।

* * *

ठीक ग्यारह बजकर दो मिनट पर 'बॉक्सिका' ने अट्ठाइस हजार नौ सौ फुट की ऊँचाई से फैटमेन को गिरा दिया। जमीन से पाँच सौ फुट की ऊँचाई पर बम फट गया। ड्राइवर, टैक्सी रोकर बाहर आ गया। अमन और शांति भी बाहर आ गये। सब-कुछ मशीन की गति से हो रहा था। शांति, झट एक आँख बंदकर अपना अँगूठा आँख के सामने लाई। मशरूम जैसे बादलों का गुबार उसे साफ-साफ नजर आ गया। वह जोर से चीखी- "भागो अमन...! हम रेडिएशन जोन में हैं।"

दोनों वापस मुड़कर भागे।

नागासाकी शहर में बाइस किलोटन टी एन टी की क्षमता वाले परमाणु बम के फटते ही तापमान चार हजार डिग्री सेल्सियस तक पहुँच चुका था और हजार किलोमीटर प्रति घंटे की तेज रफ्तार से चलती हुई हवा ने पूरे शहर को आगोश में ले लिया था। काफी देर तक मशरूम जैसे बादलों का गुबार उठता रहा और...सब कुछ खत्म हो चुका था।

* * *

शांति अपने भयानक अतीत से बाहर आ गई थी। वह फफक-फफक रोने लगी, मानो दर्द का एक दरिया उसके अन्दर से बाहर निकल जाने को मचल रहा हो। काफी देर तक वह रोती रही। मन धीरे-धीरे स्थिर होता गया, मगर इस घोर अकेलेपन ने उसे ज्यादा देर वर्तमान में स्थिर नहीं रहने दिया। एक बार फिर वह अपने अतीत की गहराइयों में उतरने लगी। उतरती गई... उतरती गई...

* * *

सुहाग की सेज पर मूर्तिवत बैठी थी शांति।

दुल्हन के लिबास में उसका रूप इस कदर निखर आया था कि सेज में सजे बेली-चमेली के फूलों को भी शरमाना पड़ रहा था। लेकिन चेहरे के भाव आम दुल्हन जैसे नहीं थे। शर्मो-हया ढूँढने से भी न मिल पाती शायद।

वह बेहद गंभीर-सी बैठी हुई थी।

ऐसा लगता था जैसे उसके हृदय में या तो विचारों के द्वन्द्व चल रहे थे या वह कोई नई सोच गढ़ रही थी।

अमन, मेहमानों को विदा करने में उलझा हुआ था।

वक्त कितनी तेजी से गुजरा, यह शांति की समझ में भी न आया। नागासाकी न्यूक्लियर अटैक उसे अब भी बीते हुए कल की घटना जैसी ही लगती है। आज भी उसे कभी-कभी यह वहम हो जाता है कि उसकी मम्मी किचन से उसके लिए दूध का गिलास लेकर निकलेंगी, पापा ऑफिस से लौटने पर उसके हाथ में दो टॉफी देकर उसकी मुट्ठी ऐसे बंद कर देंगे, जैसे कोई खजाना उसे सौंपा हो। आलोक अंकल नाश्ते का प्लेट लेकर आयेंगे और चम्मच भरकर पहला कौर उसे खिला देंगे। अमृता आंटी आकर उसके पास सटकर बैठ जायेंगी और आदतन उसकी हथेलियों को दबाना शुरूकर देंगी या भुवन आयेगा और उसे हँसा-हँसाकर लोट-पोट कर देगा।

यूँ कहें, तब से अब तक तीन साल गुजर चुके थे। भारत आजाद हो चुका था और इस देश का नया संविधान भी लागू हो चुका था, मगर शांति को इस सब की कोई सुध नहीं है।

अपनी सुध तो वह 9 अगस्त, 1945 को ही खो चुकी थी। अगर उस दिन अमन उसके साथ नहीं होता तो वह किसी पागलखाने में सड़ रही होती; या शायद जिन्दा भी न होती। अमन की जगह कोई और होता तो शायद सँभाल नहीं पाता उसे। मगर परिस्थिति के मद्देनजर, अमन ने जीवट होने का खिताब जीत लिया था। न सिर्फ उसने शांति को सँभाला, बल्कि अपनी पढ़ाई भी पूरी कर ली। अब वह प्रोफेसर अमन बन चुका है। मरहूम अनुपम रॉय की कुल सम्पत्ति का बेहतर प्रबन्धन कर रहा है वह। इतना ही नहीं, वह अनुपम रॉय के नाम से एक ट्रस्ट भी चला रहा है।

शांति मानने लगी है कि उसके रोम-रोम पर अमन के एहसान हैं, मगर अमन...शांति के मुँह से अपने लिए ऐसी बात सुनकर चिढ़ जाता है। अमन, कमरे में दाखिल हुआ तो शांति ने मुस्कराने की भरपूर कोशिश की, मगर फिर भी उसके रुख पर वो रौनक नहीं आयी, जिससे वह अमन को धोखे में रख पाती। अमन उसके करीब आकर बैठ गया। हल्के हाथों से उसे

छुआ...सहलाया और प्यार से चूम भी लिया। फिर बोला- ''मैं एक बार फिर वही पुरानी बात दुहराता हूँ; आज फिर तुम्हें भरोसा दिलाता हूँ कि जब तक मैं तुम्हारे साथ हूँ...तुम्हें घबराने की कोई जरूरत नहीं।''

शांति ने आज फिर उसी अंदाज में उसे आलिंगन में भर लिया और उसकी छाती पर सिर रख दिया। अमन, फिलॉस्फर के अंदाज में बोला- ''मैं उस बात का बेसब्री से इंतजार कर रहा हूँ...जो तुम मुझसे कहना चाहती हो।''

चौंक गई शांति। आश्चर्य से अमन का मुँह देखने लगी। अमन ने इशारे से जताया कि वाकई वह बेसब्री से इंतजार कर रहा है। आँसू की एक धार शांति की आँखों से लरज पड़ी जिसे शांति से पहले अमन ने ही पोंछ दिया। शांति अपने अंतर्द्वन्द्व को काबू में करने का प्रयास करती हुई बोली- ''तुम अंर्तयामी हो।''

अमन के चेहरे पर ऐतराज के भाव उभर आये। शांति, अमन से अपनी नजरें चुराती हुई बोली-''हाँ...मैं झूठ नहीं बोलूँगी; तुमसे झूठ बोलना हजार पाप के बराबर है... मेरे दिल में कुछ है, मगर मैं नहीं बताऊँगी।''

''मगर क्यों...?''

शांति इस बार चिढ़ गई- ''जिद मत करो अमन; मैं तो नादान हूँ, जो मेरे दिल में ऐसी-वैसी बात आ जाती है... और देखो अमन...'' धमकी के अंदाज में वह बोली- ''कसम-वसम मत देना प्लीज! अगर तुमने कसम दिया, तो मैं कसम भी तोड़ दूँगी, मगर तुम्हें बताऊँगी नहीं; मेरे दिल की बात मेरे दिल में ही दफन हो जाने दो।''

''तो जाओ...मैं नाराज हो जाता हूँ।'' अमन परे हट गया। उसकी इस हरकत ने शांति के चेहरे पर एक मीठी-सी मुस्कराहट ला दी। वह अच्छी तरह जानती थी, कि अमन क्या खाक नाराज होगा... नाराज होना तो उसे आता ही नहीं है और इस बात की भी पक्की गारंटी थी कि वह शांति से कभी नाराज होगा भी नहीं, चाहे शांति उसे जहन्नुम में क्यों न झोंक दे। उसने फिर समझाने की कोशिश की- ''तुम समझते क्यों नहीं...मुझे खुश रखने के लिए अपनी खुशियों को कब तक कुर्बान करते रहोगे; न बाबा

न...मैं अपने दिल पर खंजर भोंक लूँगी, मगर...'' अमन ने उसकी बात बीच में ही छीन ली - ''इससे क्या होगा? यह तुम्हारा वहम है कि इस तरह तुम अपने मन की बात मुझसे छिपा लोगी; नहीं शांति...मैं तो बस तुम्हें छेड़ रहा था; सच तो यह है कि तुम्हारे मन की बातों को तुम्हारी ये खूबसूरत आँखें कब का बयां कर चुकी हैं... मगर देखो, मैं बिल्कुल भी नाराज नहीं हुआ। देखो, मेरा सीना गर्व से कितना चौड़ा हो रहा है, मैं खुश भी हूँ और सहमत भी हूँ।'' शांति की आँखें आश्चर्य से फैल गईं- ''क्या पढ़ लिया तुमने मेरी आँखों में...? ओ! भौतिक विज्ञान के प्रोफेसर...मनोविज्ञान के प्रोफेसर की तरह पहेलियाँ मत बुझाओ, साफ-साफ बताओ कि मेरी आँखों में तुमने क्या पढ़ लिया; मैं इस सस्पेंस के तले दबकर मरी जा रही हूँ।''

अमन ने शांति को पकड़ लिया। उसे बिल्कुल करीब लाकर उसकी आँखों में झाँकते हुए कहा-''तुम्हारी आँखें कह रही हैं... तुम मुझसे यह वायदा लेना चाहती हो कि, हम अपनी खुशियों को इस संसार में शांति और अमन बहाल करने के लिए न्योछावर कर देंगे; हम परमाणु हथियार के खिलाफ विश्व-स्तर पर मुहिम चलाएँगे और जब तक इस धरती से परमाणु हथियार का नामोनिशान नहीं मिटा देंगे, हम सुहागरात नहीं मनाएँगे।''

शांति ने जल्दी से खुद को अलग कर लिया। उसने अपनी खूबसूरत आँखों को पलकों में छिपाकर मींच लिया। आँखों से आँसुओं की अविरल धारा निकलने लगी। उसे देखकर यह तय करना मुश्किल था कि-उसके मन में फिर विचारों का बवंडर उठने लगा था, या वह अमन की नजरों को दाद दे रही थी या कि वह अपने-आप को कोस रही थी। अमन ने फिर लपककर उसे गले लगा लिया। उसकी पीठ थपथपाते हुए कहा-''ऐसा ही होगा...मैं वायदा करता हूँ।''

शांति ने भींचकर पकड़ लिया अमन को और फफक-फफककर रोने लगी। उन दोनों को धरती हिलने का वहम हुआ हो जैसे...बाहर काफी तेज हवा चलने लगी थी...शायद तूफान आ गया था।

* * *

प्रोफेसर अमन की कार ने एक बड़े अहाते में प्रवेश किया। शांति भी

उसके साथ थी। शांति बड़े रोमांचित भाव से उस कैम्पस को देख रही थी। वहाँ सुनहरे अक्षरों में लिखा गया था-डॉ0 अनुपम राय रिसर्च सेन्टर।

कार को पार्क करने के बाद अमन ने शांति से पूछा-"क्या सोच रही हो?"

शांति ने कहा-"सोच रही हूँ कि किसी नेक आत्मा को श्रद्धांजलि देने का तुम्हारा यह अंदाज कितना अच्छा है; इस छोटी-सी जगह में इतना बड़ा संस्थान खड़ी करके तुमने बहुत अच्छी पहल की है, मुझे बहुत खुशी हुई।"

दोनों कार से बाहर आ गये और उस बिल्डिंग की ओर बढ़ने लगे, जहाँ काफी चहल-पहल थी और साज-सज्जा से जाहिर होता था कि कोई उत्सव होने वाला हो। चलते-चलते अमन ने कहा-"तुम उस वक्त सदमे की हालत में थी; मैं बार-बार यही सोच रहा था कि मरहूम डॉक्टर अनुपम रॉय ने मुझ पर यकीन करके जो सम्पत्ति मुझे सौंपी है, उसका उपयोग कैसे करूँ? भारत में उनका करोड़ों का निवेश था...आखिरकार मैंने यही किया। मैंने सोचा कि हमारे देश में हजारों-लाखों प्रतिभाएँ साधन-संसाधन और मार्गदर्शन के अभाव में दम तोड़ देती हैं; ऐसी प्रतिभाओं को तलाशना और उन्हें अपने खर्चे पर एक अच्छा प्लेटफॉर्म मुहैया कराना ही इस संस्थान का उद्देश्य है। तुम्हें यह जानकर खुशी होगी कि सुदूर देहातों में, दो वक्त की रोटी के लिए संघर्ष करते परिवारों में से भी हमें कुछ ऐसे कोहिनूर मिले हैं, जिनसे इस संसार को काफी उम्मीदें रखनी चाहिए।"

"अच्छा! कौन हैं वो सब...?"

"आओ, मिलवाता हूँ उन लोगों से।"

शांति ने देखा कि इस संस्थान के काफी लोग उन लोगों की तरफ बढ़े आ रहे थे।

* * *

थोड़ी ही देर में रोहन, सोनी और जैकब उन दोनों के सामने थे-मगर उदास-उदास। प्रोफेसर अमन ने सेमिनार को संबोधित करने के बाद उन तीनों को अपने केबिन में ही बुला लिया था। उन लोगों के लटके हुए थोबड़े

को थोड़ी देर तक गौर से देखती रही शांति, फिर वजह पूछ लिया। रोहन ने बुझी-बुझी आवाज में कहा-''हम लोग सर के निर्णय से बिल्कुल भी खुश नहीं हैं।''

''हाँ आंटी...।'' सोनी बोली-''हम अपने सिर पर सर का हाथ देखकर अपने भविष्य के जो सुनहरे सपने देखने लगे थे, अब उसकी चमक फीकी पड़ती हुई दिखाई दे रही है; आखिर...आपने ऐसा निर्णय क्यों लिया सर?''

अमन कुछ बोलता, इससे पहले जैकब बोल पड़ा-''ये लोग ठीक कहते हैं सर; आपके बिना इस रिसर्च सेन्टर में वो बात नहीं रहेगी।''

''मेरे बिना...!'' अमन हँस पड़ा-''मैंने कौन-सा त्याग पत्र दे दिया है... मैंने तो सिर्फ इतना कहा है कि, अब शायद इस संस्थान को समय नहीं दे सकूँ। देखो बच्चों...इस रिसर्च सेन्टर की नींव मैंने किसी को खुश करने के लिये नहीं रखी, न ही यह हमारे इनकम का जरिया है; मैंने भी बहुत बड़े ख्वाब सँजोकर इसे शुरू किया है... इसलिए मैंने टीचर, ट्रेनर, मशीनरी-सब कुछ बड़ी सावधानी से जुटाया है; मेरे न होने से भी इस संस्थान में सब कुछ अच्छा ही होता रहेगा, तुम्हें किसी चीज की दिक्कत नहीं होगी... फिर समय मिलने पर मैं यहाँ आता-जाता रहूँगा।

''मगर आपने जिस नये मिशन की बात की...वो मिशन क्या है सर...?'' सोनी ने पूछा-''क्या हम लोग इस बारे में जान सकते हैं?''

''हाँ...'' अमन बोला-''मैंने और शांति ने परमाणु हथियारों से मुक्त संसार का सपना देखा है... यह बहुत कठिन काम है; हमें कई देशों की यात्रा करनी है, लोगों को समझाना-बुझाना और अपनी बात मनवाने का प्रयास करना है... शायद हमें इस काम में ज्यादा व्यस्त रहना पड़े।''

''ग्रेट...!'' जैकब खुशी से बोल पड़ा-''इट्स ए ग्रेट आइडिया एंड यू आर रियली ए ग्रेट कपल; क्या हम लोग इसमें शरीक हो सकते हैं सर...?''

''नहीं...'' अमन ने सख्त ऐतराज जताया-''बिल्कुल नहीं; तुम्हें

अपना पूरा ध्यान अपने कैरियर में लगाना है, अभी तुम्हारी उम्र पढ़ने-लिखने की है।''

''...और खेलने-खाने की भी।'' शांति हँसकर बोली- ''तुम लोग अपने टार्गेट को अचीव करने में अपना ध्यान लगाओ; अपने माँ-बाप और देश-संसार के सपनों को पूरा करो...हमारे भी सपने तुमसे जुड़े हैं।''

''देश-संसार और आप लोगों के सपनों को तो हम जरूर पूरा करेंगे...मगर माँ-बाप के सपने तो पूरे हो गए।'' रोहन ने कहा, तो शांति चौंक उठी- ''क्या मतलब...?'' इस बार सोनी बोली-''मतलब साफ है आंटी...हमारे माँ-बाप की जैसी हैसियत थी, वैसे ही उनके सपने भी थे; उनका सपना हमारी नौकरी पर जाकर खत्म हो जाता... कोई छोटी-मोटी-सी नौकरी, ताकि हम अपनी दाल-रोटी चला सकें। आपकी वजह से हमें जो मिला है-उसी को देखकर हमारे माँ-बाप निहाल हो गए हैं और उन्होंने एक तरह से हमें आपको दान कर दिया है; उनकी मानें तो अब हम उनके नहीं, आपके बच्चे हैं और आप ही हमारे माँ-बाप हैं; आपको कोई ऐतराज?''

हड़बड़ा गए शांति और अमन। सोनी की बात खत्म होते ही रोहन ने कहा- ''वैसे भी हम तीनों में से कोई भी इकलौता नहीं है; हमारा घर भाई-बहनों से भरा-पूरा है; हमारे माँ-बाप आप लोगों का इतना आभार मानते हैं कि अगर आपके नाम पर हम उनसे अपनी शहादत की इजाजत भी माँगे तो वो खुशी-खुशी दे देंगे।''

अमन की आँखों में आँसू छलक आये। शांति तो रो पड़ी। वह काफी इमोशनल होकर बोली-''चुप करो...अब और मत रुलाओ हमें... भगवान हमें दोजख में झोककर भी तुम लोगों की शहादत माँगने को कहें तो हम इंकार कर देंगे; मैं मान गई कि तुम लोग मेरे ही बच्चे हो।''

शांति और अमन ने अपनी बाँहें फैला दीं। तीनों, बारी-बारी से उसमें समा गये। थोड़ी देर तक वहाँ का माहौल भारी-भारी-सा रहा, फिर जैकब ने कहा- आपने हमें अपना बच्चा मान लिया, हमें तो पूरा संसार मिल गया... मगर हम इतने भर से खुश नहीं हैं, हमें संसार नहीं...औलाद होने का

एहसास चाहिए, औलाद की तरह जिम्मेदारियाँ भी चाहिए।

'जिम्मेदारी...?' शांति और अमन, अजीब कंफ्यूजन में फँस गए। सोनी बोली- "आपको वायदा करना होगा कि आपको अपनी व्यक्तिगत समस्याओं या अपने मिशन में जहाँ हमारी जरूरत महसूस होगी, हमें बेहिचक आदेश करेंगे।"

"जी...हमें इससे और अपनेपन का अहसास होगा...।"

काफी देर से किसी सोच में डूबा हुआ अमन बोल पड़ा-"हाँ...तुम लोग ठीक कहते हो, मैं भी अपनी कुछ जिम्मेदारियाँ तुम लोगों के संग बाँटना चाहता हूँ, लेकिन इसके लिए तुम्हें मेरे घर आना होगा।

* * *

अमन और शांति का घर बच्चों से भरा-पूरा लग रहा था। रोहन, सोनी और जैकब के बात-व्यवहार ने शांति को यकीन दिला दिया था कि, वह एक नवविवाहित नारी नहीं, बल्कि तीन जवान बच्चों की माँ है।

निःस्वार्थ भाव से जब भी दिलों का मिलन होता है-तो ऐसा ही होता है। हाँ, शांति ने भी बड़ी बारीकी से एक बात का अध्ययन कर लिया था कि रोहन और सोनी के दिलों में भी कोई खिचड़ी पकने लगी थी, जिसे प्रेम कहते हैं-दो युवा दिलों का प्रेम। अमन अब कई-कई फाइलें लेकर उन लोगों के बीच आ गया। शांति और तीनों बच्चे उसे घेरकर बैठ गए। अमन ने कहा- "तुम लोगों ने पुष्पक विमान के बारे में पढ़ा होगा...?"

सबने हामी भरी। अमन ने कहा- "बहुत ही दिलचस्प किस्से हैं इस विमान के; मैं चाहता हूँ कि उस विमान के किस्से एक बार आज के जमाने में भी साकार हों...।"

रोहन, सोनी और जैकब काफी इंप्रेस्ड नजर आने लगे। अमन ने कहा- "मैंने इस पर काफी रिसर्च किया है, लेकिन परिस्थितियाँ इस तरह मुझे उलझाती रहीं, कि हम एक थ्योरी से आगे नहीं बढ़ सके; आगे भी हजार व्यस्तताएँ हैं, क्या तुम लोग इसमें दिलचस्पी लोगे?"

"हाँ हाँ, क्यों नहीं...!" जैकब ने फाइल छीन लिया हो जैसे।

उतावलेपन में उसने जैसे कोई गलती कर दी हो जैसे। महसूस होते ही उसने सॉरी बोला।

अमन और शांति के चेहरे पर मुस्कराहट उभर आई। अमन ने कहा- "ये काम उतावलेपन के नहीं होते...बहुत पेशेंस रखना पड़ता है, बहुत मेहनत करनी पड़ती है। इस पर काम करते हुए अभी तक तो मैंने यही महसूस किया है कि यह प्रोजेक्ट नामुमकिन है...मगर मेरा दिल कहता है कि नामुमकिन को भी मुमकिन बनाया जा सकता है...बहुत बड़ा चैलेंज है ये।"

"हम इस चैलेंज को फेस करेंगे सर...!" सोनी बोली- "हर मुसीबत का सामना करेंगे, मगर आपके सपनों को साकार जरूर करेंगे।"

* * *

अमन चौंक पड़ा। उसने भरपूर नजर से शांति को देखा, जो अपने भाषण में मशगूल थी। सामने मौजूद थे कई शीर्ष देशों के प्रतिनिधि, मगर शांति के चेहरे पर तनिक भी शिकन न थी- आवाज में तनिक भी हिचकिचाहट न थी। वह बेबाक तरीके से परमाणु हथियारों से, संभावित खतरों और इससे संबंधित कई अन्य बातों पर अपना नजरिया सबके सामने रख रही थी।

अमन, एक्सरे जैसी नजर से शांति के चेहरे में तलाश रहा था-उसके अदम्य साहस का राज... उसकी बेहतरीन भाषण शैली का राज।

अमन सोचने पर विवश हो रहा था कि जिस शांति को उसने बचपन से देखा है...जीवन का अधिकांश वक्त जिसके साथ बिताया है; उसके अंदर छिपी इस प्रतिभा को कैसे नहीं पहचान पाया... क्योंकि... शांति का जैसा परफॉरमेंस वह अभी देख रहा था; वह उसके अनुमान से जुदा था। उसने स्वीकार किया कि वह उसे कमतर आँक रहा था।

और जब शांति ने पृथ्वी पर मौजूद प्राणियों के महत्व, उनके जीवन और उनकी भावनाओं पर चर्चा की, तो वह रो पड़ी। अमन की आँखों से भी आँसू निकल आये, मगर सबसे ज्यादा आश्चर्य तो उसे तब हुआ, जब

उसने वहाँ मौजूद प्रायः सबकी आँखों में आँसू देखा।

अमन ने मन-ही-मन उसे दाद दिया। उसे काफी संतोष हुआ कि जिस आयोजन में उसके चप्पल घिस गये... पैसा पानी की तरह बह गया, अब उसके सफल होने के आसार नजर आने लगे थे उसे।

* * *

मगर शांति खुश नहीं थी। वे लोग वापस अपने घर लौट आये थे। अमन अगले सेमिनार की रूपरेखा तैयार करने में व्यस्त हो गया था। अगला कार्यक्रम अफ्रीका महाद्वीप में करने की तैयारी कर रहा था वह। अमन ने इसी क्रम में शांति को आवाज दी। शांति पास ही बैठी थी, लेकिन उसने अमन की बात का तुरंत जवाब न दिया। फिर लगभग चौंकती हुई बोली-

''हाँ...कुछ कह रहे थे आप!''

अमन ने पूछा-''किस सोच में गुम थीं तुम...?''

''नहीं...ऐसी कोई बात नहीं।''

'झूठ...।' अमन ने अपनी बात पर जोर देते हुए कहा तो शांति बोली- ''तुम तो अंतर्यामी हो...खुद पढ़ लो मेरी आँखों में।''

शांति ने मजाकिया अंदाज में अपनी आँखों को झपकाया, फिर अमन की आँखों में आँखें डाल दी। अमन ने उसकी आँखों में झाँका भी... फिर बोला- 'फास।'

''फास!'' शांति आश्चर्य से बोली-''फास यानी सरेंडर।''

अमन ने इशारे से उसकी बात की स्वीकृति दी, फिर बोला-''अब मैंने अंतर्यामी होने का दावा करना छोड़ दिया है।''

''कब से...?'' शांति ने शरारत से पूछा, तो अमन ने बताया- ''उसी दिन से, जब तुम ब्रिटेन के अलबर्ट हाउस में स्पीच कर रही थीं; उसी दिन मैंने यह मान लिया कि तुम्हें मैं जितना जानता हूँ, उससे कहीं ज्यादा गुण है तुम्हारे अंदर।''

“तारीफ के लिए शुक्रिया।”

“तारीफ नहीं...यही सच्चाई है; तुमने वहाँ मौजूद सबको झकझोरकर रख दिया था।”

शांति के चेहरे पर फिर चिन्ता की लकीरें फैल गईं। वह बोली- “अमन...सच-सच बताना, क्या तुम्हें लगता है वे लोग हमारी बातों पर अमल करेंगे?”

अमन ने जवाब देना चाहा, पर हकला गया-“हाँ-हाँ...क्यों नहीं।”

शांति के चेहरे पर व्यंग्यपूर्ण मुस्कराहट फैल गई। “मैं तो यही मानने लगी हूँ कि दिल बहलाने के लिये गालिब का खयाल अच्छा है।”

“ऐसा क्यों कह रही हो तुम...?” अमन चौंका-“ऐसी नकारात्मक सोच को अपने दिल में जगह नहीं देनी चाहिए; अभी तो हमने इस सफर का सिर्फ एक कदम तय किया है।”

शांति थकी-थकी आवाज में बोली- “उस दिन उन लोगों से डिबेट करते हुए मैंने यही महसूस किया कि वहाँ मौजूद हर देश के प्रतिनिधि, गेंद को दूसरों की तरफ उछाल रहे थे... सब अमरीका और ब्रिटेन पर उँगली उठा रहे थे, तो अमेरिका और ब्रिटेन, बेतुके तर्क से खुद को बेकसूर साबित करने में लगे थे; रूस के प्रतिनिधि का अपना अलग तर्क था।”

“कोई बात नहीं...” अमन ने उसे समझाया-“टेक इट इजी; इसमें कोई दो राय नहीं कि हमें बहुत मेहनत करनी पड़ेगी, लेकिन यकीन रखो, धीरे- धीरे हमारी बात सबकी समझ में आयेगी... हमारा सपना जरूर पूरा होगा।”

“भगवान करे...।” शांति ने दुआ करने के अंदाज में कहा-“तुम चाय पीना चाहते हो न?”

“तुम्हें कैसे मालूम...।” अमन ने आश्चर्य से पूछा। शांति बोली- “दूसरों के दिल की बात जानने की कला मैं भी सीखने लगी हूँ..तुमसे ही...।”

दोनों हँस पड़े।

* * *

प्रोफेसर अमन की एक थ्यौरी पढ़ने के बाद रोहन अपने दिमाग पर जोर डालकर कुछ सोचने लगा था। उसे सोनी और जैकब के साथ कुछ डिस्कशन की आवश्यकता महसूस हो रही थी और संयोगवश वो दोनों वहीं आ गये। उन्हें कमरे में एन्टर करते देख, रोहन की आँखें चमक गईं। चहककर बोला उसने-''हॉय हिरोइन...हॉय जोकर...।''

उन दोनों ने भी उसका अभिवादन ''हीरो'' कहकर किया। रोहन ने कहा-''मैं अभी तुम लोगों के बारे में ही सोच रहा था...तुमसे मिलना जरूरी था।''

''जैकब ने गाना गाकर उसका जवाब दिया-''तुमने पुकारा और हम चले आये रे...जान हथेली पर ले आये रे...''

उसकी हरकत देखकर अक्सर सोनी और रोहन को हँसी आ जाती थी, इसीलिए तो उसका नाम 'जोकर' रखा था उन्होंने। सोनी ने रोहन से पूछा-''कुछ खास बात है?''

''जी...'' रोहन ने चंचलता से कहा-''आपको आइ लव यू कहना था।''

सोनी ने अपना माथा पीट लिया। आँख तरेरकर बोली-''यह तो तुम वर्षों से कहते आ रहे हो... गिफ्ट देने के नाम पर तुम्हारी पर्स गुम हो जाती है; फोकट में आइ लव यू बोलने वाले मजनूँ बहुत मिलते हैं; काम की बात बताओ... सर की थ्योरी को पढ़ ली तुमने?''

''हाँ...'' एकाएक रोहन सीरियस हो गया-''एक बार नहीं...कई बार पढ़ चुका हूँ; प्रोजेक्ट इज टू टिपिकल... हमें रॉ-मैटेरियल पर बहुत काम करना होगा।''

''कर लेंगे यार'' सोनी ने हिम्मत से कहा- ''ढूँढनें से क्या नहीं मिलता है।''

"सिर्फ एक चीज नहीं मिलती है...।" जैकब ने रोनी सूरत बनाकर कहा। सोनी और रोहन ने सवालिया नजर से उसकी तरफ देखा। जैकब ने आँसू पोंछने की एक्टिंग करते हुए कहा-गर्लफ्रेंड... मैं जबसे पैदा हुआ, तब से ढूँढ रहा हूँ, आज तक नहीं मिली।"

रोहन को गुस्सा आ गया- "यार कभी तो सीरियस हो लिया करो...कहाँ की बात कहाँ पटक रहे हो।"

सोनी ने रोहन को रोका और जैकब से कहा- "गर्लफ्रेंड कौन-सी बड़ी चीज है बेटे...मिल जायेगी...बस एक उपाय तुम्हें करना होगा, कान इधर लाओ...।"

जैकब ने फिर रोनी सूरत बनाकर अपना कान सोनी के आगे करते हुए पूछा-"क्या करना होगा?"

सोनी उसके कान में फुसफुसाई-"अच्छे टूथपेस्ट का इस्तेमाल करो, गर्लफ्रेंड मिल जायेगी।"

जैकब झेंप गया। रोहन मुस्कराये बिना न रह सका। सोनी बोली- "अब काम की बात करें?" तीनों सीरियस होकर बैठ गए। रोहन ने कहा- "हमारी प्रॉब्लम एक मीटिंग में खत्म नहीं होने वाली... प्रोजेक्ट कुछ ऐसा है कि हमारा पहला शैड्युल ही फाइनल शैड्युल नहीं हो सकता... हर कन्क्लूजन के बाद एक नई प्रॉब्लम आयेगी, इसीलिए आज के बाद हम इंस्टीट्यूट ओवर होने के बाद सिर्फ इस प्रोजेक्ट के लिए काम करेंगे; एग्री?"

"बिस्मिल्लाह करो जी...बिस्मिल्लाह!" जैकब ने कहा। सोनी ने हाथ आगे बढ़ाया- 'डन..।'

दोनों ने हाथ पर हाथ रखकर कहा- 'डन...।'

सोनी, मजाक के अंदाज में रोहन से पूछी-"मान लो...हमने इस प्रोजेक्ट को पूरा कर लिया, उसके बाद क्या करेंगे...?"

रोहन ने रोमांटिक अंदाज में कहा-"हम दोनों शादी करेंगे और इसी विमान से हनीमून के लिए चाँद पर जायेंगे।"

सोनी शरमा गई और जैकब ने कहा- "और मैं बैठकर डफली बजाऊँगा और गाऊँगा- गंगाराम कँवारा रह गया..."

जैकब मिमिक्री करते हुए गाता रहा और वहाँ सोनी और रोहन के हँसी के फव्वारे फूटते रहे।

* * *

अफ्रीका से स्वदेश वापसी का यह सफर काफी थका देने वाला था। तन ही नहीं, अब मन से भी थकने लगी थी वह।

अब नकारात्मक विचार उसके मन में आने लगे थे। उसके अपने सारे सपने तो हालात के हाथों शहीद हो गये थे-मगर इस बात का उसे कत्तई मलाल नहीं था। मलाल तो इस बात का था कि उसने अपनी अंतर्रात्मा की आवाज सुनकर इस संसार के हित में जो एक बीड़ा उठाया था, उसका भविष्य उसे खटाई में पड़ता हुआ दिख रहा था।

उसके स्पीच पर उसे खूब तालियाँ मिलतीं, उसकी तारीफों के पुल बाँध दिये जाते, मगर अमल करने के सवाल पर-अगर, मगर, किन्तु-परन्तु पर बात अटक जाती।

शांति की आँखों से आँसू निकल जाते-उसकी सोच से कितनी अलग है यह दुनिया। अमन उसके लिए एक संबल बनकर खड़ा न होता, तो वह अपनी प्रतिज्ञा पर ज्यादा टिक नहीं पाती।

अमन के बारे में सोचती तो उसे बहुत सुकून मिलता था। कितना सब्र था अमन में-वह तो सब्र का समंदर था। कोई भी परिस्थिति उसे तोड़ नहीं पाती थी, उसे अपने इरादे से डिगा नहीं पाती था। वह हमेशा शांति को भरोसा दिलाता कि, प्रत्येक अच्छा काम शुरू में असंभव-सा दिखता है... मझधार में उतरने के लिए पहले धारा के विरुद्ध चलना पड़ता है, वगैरह-वगैरह।

अमन उसे अक्सर देर और दुरुस्त का आश्वासन देता- वह कहता था कि आज नहीं तो कल ही सही, लेकिन उसकी बात इस दुनिया के जेहन में जरूर बैठेगी।

थकावट का ये हाल था कि वह आँख बन्द करती तो नींद सवार हो जाती और जैसे ही नींद आती-कमबख्त अतीत का वो भयानक मंजर भी सपना बनकर आ जाता। वह अपने अतीत के उस पन्ने को अपने जेहन से फाड़कर अलग कर देना चाहती थी-मगर दुर्भाग्य यह था कि वह इसे जितना भूलने की कोशिश करती, उसके जख्म और हरे हो जाते। एक तरफ अमन की जीवटता थी कि-अभी घर भी नहीं पहुँचे, कि अगली यात्रा की तारीख तय कर ली और रवानगी का इंतजाम भी कर लिया। अब उसे रूस जाना था-आन्द्रेई सखारोब से मिलने। इस शख्स ने न्युक्लियर फिजिक्स में स्नातक करने के बाद थर्मोन्युक्लियर रेडियेशन बम बनाया था, जिसका परीक्षण दो दिन पहले ही आर डी एस -37 के नाम से कर लिया गया था। अमन ने यह सुना था कि सरकार उसे अगली जिम्मेदारियाँ सौंपने वाली थी। अमन इस शख्स से मिलना जरूरी समझ रहा था।

* * *

आन्द्रेई सखारोब बड़ी हैरत से अमन और शांति को देख रहा था। शायद उसकी आँखें यह परखना चाहती थीं, कि जब सारी दुनिया अपनी-अपनी ताकत बढ़ाने की सोच रही थी, ये दोनों इस संसार के लिए शांति और अमन का पैगाम लेकर आये हैं- आखिर ये किस मिट्टी के बने हैं।

शांति ने उससे पूछा कि-"इस संसार में प्राणियों की कितनी प्रजातियाँ हैं?" बातचीत का जरिया अंग्रेजी था, फिर भी कम्युनिकेशन में प्रॉब्लम आ रही थी। कभी-कभी अपने सवाल को कई बार दुहराना पड़ता था, ताकि आन्द्रोई उसके सवाल को समझ सकें और कभी-कभी आन्द्रोई को अपनी बात दुहरानी पड़ रही थी, ताकि उसकी बात को शांति और अमन ठीक से समझ सकें।

बड़ा ही अजीब लगा था शुरू-शुरू में आन्द्रोई को, कि इस तरह के बेतुके सवाल उससे क्यों पूछे जा रहे हैं। शांति का अगला सवाल- "क्या मरते हुए लोगों को वह जीवन दे सकता है?

आन्द्रोई ने इंकार में सिर हिलाया। अमन ने कहा- "जब आप किसी को जीवन दे नहीं सकते, तो किसी का जीवन लेने का भी कोई हक नहीं है

आपको।''

"मिस्टर आन्द्रोई...!'' शांति बोली-"मगर आपने तो किसी आदमी नहीं, बल्कि एक साथ हजारों आदमी, घोड़े, चीते, बंदर, कबूतर, तितली, चींटी सरीखे लाखों जान को खतरे में डालने का प्रबन्ध कर लिया है; आपकी नई खोज, पृथ्वी के जीव-जन्तुओं के लिए कितना खतरनाक है- कभी सोचा है आपने!''

आन्द्रोई शॉक्ड हो गया था शांति की बात सुनकर, जबकि शांति बेरोक-टोक कहती जा रही थी-"आखिर क्या मिल जायेगा आपको या किसी और को? आपको अवार्ड मिलेगा और आपके देश को एक शक्तिशाली देश होने का गौरव मिलेगा; लेकिन मैं पूछती हूँ कि अवार्ड के लिए यही रास्ता क्यों? जहाँ तक शक्तिशाली होने की बात है...'' शांति बोली- "यह तो सिर्फ एक भ्रम है... कल इस संसार में कहीं कोई और साइंटिस्ट इससे भी शक्तिशाली बम बना लेगा, फिर कोई तीसरा उससे भी शक्तिशाली बम बनायेगा... आपकी यह खोज तो शक्ति के लिहाज से बौनी हो जायेगी; आप फिर एक बार दिमाग लड़ायेंगे...आपकी सरकार फिर नई परियोजना शुरू करेगी..एक होड़-सी शुरू हो जायेगी...मगर इससे फायदा क्या होगा?''

आन्द्रोई की सबसे खास बात थी कि वह बेवजह जीतने का प्रयास नहीं कर रहा था, आनन-फानन में बेतुके तर्क नहीं दे रहा था, बल्कि शांति और अमन की बातें उसके जेहन में उतरकर जगह पा रही थीं। अब शायद वह सोचने पर विवश हो गया था। मगर अमन को अभी भी कुछ कहना शेष था। उसने कहा- "संसार अभी भी जीवन-रक्षा से संबंधित कई तरह की समस्याओं से जूझ रहा है; हम या आप अपने टैलेंट को उन समस्याओं के समाधान में क्यों नहीं लगाते? हम खुशहाली की जगह तबाही के सपने क्यों देखते हैं? बहुत विकट प्रश्न हैं मि0 आन्द्रोई, कि हम मनुष्य, खुद को इस सृष्टि का सबसे बुद्धिमान प्राणी मानते हैं, फिर भी हम श्रेष्ठ होने की बजाय भ्रष्ट हो रहे हैं... क्या होगा इस संसार का भविष्य?'' वे दोनों महसूस कर रहे थे कि आन्द्रोई सखारोब अब बुरी तरह बेचैन हो रहे थे। उनके ललाट पर पसीने की अनगिनत बूँदें चमकने लगी थीं। शांति ने एक और आखिरी

प्रयास करते हुए कहा- "मि0 आन्द्रोई! हमारे राष्ट्रपिता महात्मा गाँधी ने कहा था कि परमाणु- अस्त्र, मानव-मस्तिष्क की एक पैशाचिक उपज है। नेहरू जी ने बीबीसी से प्रसारित एक भाषण में इसे मानव समुदाय के सिर पर सतत् मँडराते मृत्युदंड की संज्ञा दी है। आप एक सांइटिस्ट की बजाय, सिर्फ एक मनुष्य बनकर सोचिये-शायद आपकी अंतर्रात्मा हमारी बातों की गवाही दे।"

आन्द्रोई सखारोब ने कहा कि- वास्तव में अब उसे अपनी भूल का अहसास होने लगा है। वह कुछ कहने के लिए कुछ मोहलत माँग रहा था। आज शांति भी कुछ सुकून महसूस करने लगी थी।

* * *

रोहन और सोनी बड़ी बेसब्री से जैकब का इंतजार कर रहे थे। मगर...हमेशा समय से पाँच मिनट पहले पहुँचने वाले जैकब का आज कहीं अता-पता नहीं था। वे दोनों प्रोफेसर अमन के घर कुछ जरूरी डिस्कशन के लिए आये थे और उन लोगों की बातचीत में जैकब का मौजूद रहना जरूरी था, क्योंकि जैकब बेशक स्वभाव से हँसोड़ था, लेकिन तकनीकी मामले में वह बहुत गंभीर था; जो भी करता था पूरे समर्पण के साथ करता था। थोड़े इंतजार के बाद शांति बोली- "मुझे लगता है, वह किसी जरूरी काम में फँस गया है; हमें एक बार पता करना चाहिए...रहता कहाँ है वह?"

रोहन ने मजाकिया अंदाज में कहा- "यहीं...हम दोनों के दिल में...क्यों सोनी...?" पहले तो हँसी का माहौल बना, फिर सोनी ने भी इस बात की स्वीकृति दी। उसने भी मजाकिया अंदाज में शांति से कहा- "मगर मैडम...बहुत बड़ा फ्रॉड है वो...।"

रोहन चौंका। शांति और अमन भी चौंके। रोहन ने आश्चर्य से पूछा- "ऐसा क्या कर दिया उसने? ये तो शॉकिंग है मेरे लिए... इतने अच्छे दोस्त के लिए तुम ऐसा कहती हो, मुझे बहुत दुःख हुआ।" सोनी, रोहन को रोकती हुई बोली- "मेरी पूरी बात तो सुन लो... मैं साबित करती हूँ न कि वह फ्रॉड कैसे है।"

"बोलो...मगर पहेली मत उलझाना।"

सोनी, शांति को सम्बोधित करती हुई बोली- "मैडम! वह हमारे दिल में बरसों से रहता आ रहा है, मगर आज तक इस दिल के किराये के नाम पर फूटी कौड़ी नहीं दी, यकीन न हो तो रोहन से पूछ लीजिये...।"

एक बार फिर हल्की-सी हँसी वहाँ उभरी, लेकिन तभी जैकब भी आ गया। उसने अमन और शांति को नमस्ते किया। सोनी बोली- "लीजिए मैडम...नाम लिया और शैतान हाजिर... बड़ी लंबी उमर पायी है इसने; कहाँ मर गये थे तुम?" सोनी ने डाँटकर पूछा तो शांति बोली- "जरा दम तो लेने दो।"

लेकिन जैकब उन लोगों से ध्यान हटाकर इशारों-इशारों में किसी को अंदर बुला रहा था। रोहन ने भाँपते हुए पूछा-"इज सम वन देअर?"

जैकब कोई जवाब देता, इससे पहले सोनी की उम्र की ही एक खूबसूरत-सी लड़की अंदर आई। सबको नमस्ते किया। जैकब ने बारी-बारी से उसे सबसे मिलवाया और अब उसका परिचय देते हुए कहा- "दिस इज सेजल...माइ बेस्ट फ्रेंड।"

सोनी, रोहन के कान में बुदबुदायी-"लगता है लंगूर को अंगूर मिल गया।" जैकब ने भी सुन लिया उसकी बातों को और सेजल ने भी। सेजल खुलकर हँस पड़ी। जैकब ने प्रोफेसर अमन से कहा-"सर! सेजल भी हिरोशिमा ट्रेजडी का शिकार हुई है; इसने भी अपने माँ-बाप और छोटे भाई को खो दिया है; इस शहर में इसका पुराना घर है, यह अपने दूर की एक रिश्तेदार के साथ अब यहीं रहेंगी।"

शांति के मन में सेजल के लिए ढेर सारा प्यार उमड़ आया। उसने उसे अपने पास बिठा लिया और कहा-"इसे अपना ही घर समझो बेटी।"

सेजल बोली-"जैकब ने आप लोगों के बारे में बताया है; मैंने ही आप लोगों से मिलने की जिद की... आप लोगों से मिलकर बहुत अच्छा लगा। रोहन और सोनी के बारे में सब कुछ बता चुके हैं जैकब...मैं इन लोगों से पूछना चाहती हूँ कि क्या मैं इन लोगों के गैंग में शामिल हो सकती हूँ? हालाँकि हमारे कॉम्बिनेशन अलग हैं...मैं स्पेस साइंस में ज्यादा दिलचस्पी रखती हूँ और अपना कैरियर भी...

सोनी एकाएक चहक उठी। इतनी जोर से चहकी कि, सेजल की बात अधूरी रह गई। सोनी बोल पड़ी-"तब तो और मजा आयेगा; तुम अभी, इसी समय हमारा गैंग ज्वाइन कर सकती हो... तुम्हारे लिए रजिस्ट्रेशन भी फ्री और एडमिशन भी फ्री।"

'थैंक्यू...।' सेजल वाकई उन लोगों के साथ काफी खुश नजर आ रही थी। तभी प्रोफेसर अमन ने कहा- "मेरे ख्याल से अब हमें सिटिंग शुरू करनी चाहिए।"

"श्योर सर...!" रोहन, सोनी और जैकब उसके करीब सिमट आये। रोहन ने इशारे से सेजल को भी बुला लिया। प्रोफेसर अमन बोले- हाँ रोहन, क्या डिस्कशन करना है, बोलो...

सर, यूँ तो आपकी थ्योरी को चुनौती देना दुस्साहस होगा; बस मेरी अपनी राय थी कि आज के समय में विद्युत और संचार व्यवस्था इस युग का दिल और धड़कन हैं; पुष्पक अगर आकाश में गमन करे, तो उसकी चुम्बकीय शक्ति इन दोनों व्यवस्थाओं को नष्ट कर देगी, यह उचित नहीं है, इसमें संशोधन होना चाहिए।"

प्रोफेसर अमन ने मुस्कराते हुए सहमति दी।

* * *

आन्द्रोई सखारोब की चिट्ठी अमन और शांति के लिए खुशियों का पैगाम लेकर आयी थी। पहली बार उन्हें अपने मिशन में कामयाबी की महक मिली थी। आन्द्रोई ने अमन और शांति का धन्यवाद ज्ञापित करते हुए लिखा था कि, अगर वे दोनों उन्हें न मिलते, तो शायद वह अपने कर्म का मूल्यांकन नहीं कर पाते... वास्तव में, मानव इस सृष्टि का सबसे बुद्धिमान प्राणी है, इस लिहाज से हर मानव का कर्तव्य है कि वह सृष्टि को आबाद करने में अपना योगदान दे, न कि बरबाद करने में। इस धरती पर लाखों प्रजातियों के प्राणी हैं, जो निरीह भी हैं और निर्दोष भी; किसी को हक नहीं है उनकी जान को जोखिम में डालने का और उनका घर उजाड़ने का।

उसने लिखा था कि नफरत और विनाश की जो इबारत उसने लिखी

है, उसके बारे में सोचकर अंदर तक हिल गया है; वह अब प्रेम, शांति और अमन का संदेश दुनिया को देना चाहता है, इसीलिए खुद वह अपना विरोध सरकार के यहाँ दर्ज कराने जा रहा है और वह सरकार से निवेदन करेगा कि उसके आविष्कार को बेरहमी से दफन कर दिया जाये।

इस पत्र ने शांति के मन की सारी नकारात्मक ऊर्जा को धो डाला था। अब वह नई ऊर्जा से लबालब हो रही थी। उसे अब वह संसार बहुत पास दिखने लगा था, जहाँ कोई नफरत नहीं है...कोई तबाही नहीं है; चारों तरफ 'शांति और अमन' का साम्राज्य फैलता जा रहा है।

* * *

मगर, रूस की सरकार ने शांति के सारे मंसूबों पर पानी फेर दिया। उसे खबर मिली कि रूस-सरकार को आन्द्रोई सखारोब की बात अच्छी नहीं लगी- उसे नजरबन्द कर दिया गया है।

संसार, शीतयुद्ध के लपेटे में आ गया था। रूस के नेतृत्व में साम्यवादी और अमेरिका के नेतृत्व में पूँजीवादी देश दो खेमे में बँट चुके थे। रूस ने अपने परमाणु कार्यक्रम को और तेज कर दिया था। युनाइटेड किंगडम और फ्रांस भी इस होड़ में आगे आने को उतावले हो रहे थे। बहुत मुश्किल इम्तहान का दौर आ गया था शांति के सामने।

यूँ कहें कि यह उन लोगों की अग्नि-परीक्षा जैसी साबित हो रही थी। रोहन, सोनी और जैकब की तिकड़ी अपने मिशन में पूरी तरह समर्पित थी। उन लोगों ने प्रोफेसर अमन की थ्योरी में कुछ नये प्वाइंट्स जोड़े थे। अमन उन लोगों के काम से काफी संतुष्ट था और उसे पूर्ण आशा थी कि वह संसार को एक बिल्कुल नई और चमत्कारिक चीज देने जा रहा है। सेजल के आने के बाद तो रोहन, सोनी और जैकब की तिकड़ी, अब चौकड़ी भरने लगी थी।

अमन और शांति की दिनचर्या बिल्कुल अस्त-व्यस्त हो गई थी। स्व0 अनुपम राय की सम्पत्ति को वह अपने मिशन में होम कर रहा था।

तन और मन थकने लगे थे, मगर उम्मीदें जिन्दा थीं। उनकी जिन्दगी

के दिन-रात, सुबह-शाम के कोई खास मायने नहीं थे, इसीलिए वक्त कितनी तेजी से गुजर रहा था, इसका अनुमान उन्हें नहीं था। विज्ञान तरह-तरह के चमत्कार दिखा रहा था। 1957 में अंतरिक्ष अनुसंधान के क्षेत्र में रूस ने पहली सफलता हासिल की। इस साल पहला अंतरिक्ष यान 'स्पूतनिक' धरती की कक्षा में पहुँचा और 1961 में यूरी गगारिन अंतरिक्ष में जाने वाले पहले यात्री बने।

इस बीच जैकब कुछ ज्यादा ही जज्बाती हो गया था। अमन और शांति को दुनिया के द्वारा तिरस्कृत होते देख, वो परमाणु अस्त्रों को निष्क्रिय कर देने का उपाय ढूँढ़ने लगा था। काफी सिर खपाने के बाद उसे यही महसूस हुआ था कि इस जख्म का दूसरा कोई इलाज नहीं था... एकमात्र इलाज था कि संसार के सारे थिंक टैंक अपनी सोच को बदलें, यही प्रयास तो कर रहे थे-शांति और अमन।

मगर दुनिया तीसरे ही सुर में गाने लगी थी।

दुनिया ने अमन और शांति का उपदेश तो सुना, पर अनुसरण नहीं किया। बड़ी बेरहमी से उनके प्रयासों को नजरअंदाज किया जाता रहा और... एक दिन उन दोनों की हिम्मत भी टूट गई।

30 अक्टूबर, 1961 को रूस ने 50 मेगाटन परमाणु हथियारों का परीक्षण किया तो अमेरिका बौखला गया। उस पर अपनी शक्ति दिखाने के लिए चाँद को परमाणु बम से उड़ा देने का भूत सवार हुआ लेकिन जल्द ही उसने अपने पाँव समेट भी लिये, लेकिन अंतरिक्ष में हाइड्रोजन बम गिराने से वह बाज न आया। वह हाइड्रोजन बम हिरोशिमा और नागासाकी पर गिराये गये बमों से हजार गुना शक्तिशाली था।

इस हाइड्रोजन बम से पृथ्वी या पृथ्वीवासियों का तो कोई नुकसान नहीं हुआ, लेकिन अमन और शांति के इरादे तार-तार हो गये। इस दुनिया ने उन्हें अच्छी तरह पढ़ा दिया था कि वह क्या कर सकती है- क्या करना चाहती है।

शांति ने इस संसार के भविष्य की ओर देखा तो उसका आत्मबल भी जवाब दे गया।

सिर्फ उसका नहीं...अमन का भी।

* * *

शाम ढल गई...

रात का घना अंधकार जमीन पर फैल गया।

गाँव-शहर दीया-लालटेन व बल्ब की रौशनी से झिलमिलाने लगे। एक अमन का घर ही था, जहाँ न चिराग जला, न बल्ब जले।

लोग-बाग अपनी रात्रिचर्या को अंजाम देने लगे। कोई दिन-भर का थका-माँदा आराम करने लगा तो कोई रात को रंगीन बनाने में मग्न हो गया... लेकिन एक अमन और एक शांति ही थे, जिन्हें आज कोई काम नहीं था। शायद कल और कल के बाद के लिए भी कोई काम नहीं था।

दोनों का घर तो अँधेरा था ही, शायद जिन्दगी भी अंधकारमय हो गयी थी। आज आपसी संवाद की भी जरूरत नहीं थी...और शायद कोई बहाना भी नहीं था। उस अँधेरे घर में दो थके-हारे और दुनिया से चोट खाये हुए जीव चुपचाप अलग-थलग लेटे थे, एक पलंग पर तो दूसरा एक सोफे पर। आज उन्हें भूख नहीं थी, प्यास भी नहीं थी; न कोई सपने थे, न गुजरते वक्त से कोई वास्ता। यूँ ही आँख लग गई दोनों की।

रात का पहला पहर बीता...दूसरा और फिर तीसरा पहर भी बीत गया।

आस-पास, दूर-दराज सन्नाटा छाया हुआ था। कभी-कभार कुत्ते भौंकने की आवाज सन्नाटे को तोड़ देती-फिर सन्नाटा अपना पाँव पसार लेता।

एकाएक उनके घर में हो रही किसी दस्तक ने शांति की नींद खोल दी। कोई अब भी दस्तक दे रहा था। मेन गेट पर नहीं, बल्कि उनके बेडरूम के दरवाजे पर। उनींदी-सी शांति की अंतर्रात्मा ने सरगोशी की-"ऐसा कैसे हो सकता है, मेन गेट पर तो मैं खुद कुंडी लगाकर आई थी। यह कौन अंदर आ गया? कहीं अमन तो नहीं?" दरवाजे के बाहर रोशनी हो रही थी, तभी उसके पास से ही अमन ने पुकारा- 'शांति!'

शांति और हड़बड़ा गई। अमन भी तो यहीं हैं, फिर कौन है यह?

कुंडी रह-रहकर बज ही रही थी। कमरे में गूँज रहे अमन के पदचाप से उसने अनुमान लगाया कि, अमन दरवाजा खोलने ही वाला है। उसने अमन को रोका और खुद गेट के पास आकर सशंकित अंदाज में आवाज लगाई- 'कौन...?'

बाहर से एक अजनबी आवाज आई- "तुम्हारा गुरु...देवर्षि रघुनंदन।"

शांति का फ्यूज ही उड़ गया। अमन को भी तत्काल कुछ समझ न आया। इससे पहले कि वे दोनों कुछ सोच-समझ पाते...कुछ तय-तमन्ना कर पाते-प्रकाश रोशन होता चला गया। उस कमरे में भी दिन जैसा उजाला फैल गया। अमन के दिल ने उसके दिमाग से पूछा-"ये कैसा चमत्कार है?"

वे लोग इस चमत्कार में अपनी सुध-बुध खो बैठे। दोनों भूल गये कि उन्हें दरवाजा भी खोलना है। मगर अब किसी ने उनके दरवाजा खोलने की प्रतीक्षा भी नहीं की। एक नन्हा-सा प्रकाश पुंज स्वतः उस कमरे के अंदर दाखिल हो गया। इस हैरतअंगेज दृश्य ने अमन और शांति की सोचने-समझने की शक्ति छीन ली। दोनों आश्चर्यचकित नजरों से एक-दूसरे से इशारों-इशारों में जानना चाहते थे कि यह क्या है? यह क्या हो रहा है? फिर उसका आकार बड़ा होता गया। फिर प्रकाश-पुंज ने मानवकाय आकृति ले ली और उस आकृति में एक मानव दिखने लगा। अमन ने हड़बड़ाकर दीवार घड़ी की तरफ देखा-रात के दो बजकर पैंतालीस मिनट हो रहे थे। शांति, उस मानव के चरणों में नतमस्तक हो चुकी थी। उस चमत्कार के तिलिस्म में फँसा हुआ अमन भी बिना कुछ सोचे-समझे देवर्षि के चरणों में नतमस्तक हो गया। प्रकाश-पुंज अब पूर्णरूपेण मानव का रूप ले चुका था। उसने बड़े प्यार से कहा-"उठो बच्चों...मैं तुम दोनों से बहुत प्रसन्न हूँ; मैं एक खास मकसद से यहाँ आया हूँ।"

शांति की हालत तो बच्चों के जैसी हो गई थी। वह भाव-विभोर होकर बोली- "मैं धन्य हो गई...मैं किस तरह आपका स्वागत कर सकती हूँ

देवर्षि।''

देवर्षि ने दोनों को इशारा करते हुए कहा-''बैठ जाओ।''

''आप भी बैठिये न। ''अमन ने अनुरोध किया, तो देवर्षि ने हँसकर कहा-''बैठना-उठना, चलना-फिरना मेरी जरूरत नहीं, न मैं स्थूल शरीर में हूँ... न मुझे किसी प्रकार की थकावट, रोग, पीड़ा है, मैं हर हाल में ठीक हूँ; मगर तुम कहते हो तो मैं बैठ जाता हूँ।''

शांति उन्हें सोफे पर बिठाना चाहती थी, मगर देवर्षि जमीन पर ही बैठ गये।

''यहीं ठीक है।'' अमन और शांति भी जमीन पर ही बैठ गये। शांति भाव-विभोर होकर बोली-''क्या सेवा कर सकती हूँ आपकी...देवर्षिजी?''

''सेवा तो बचपन से ही कर रही हो।''

''मैं...'' शांति हकलाई-'' मैंने तो ऐसा कुछ भी नहीं किया; मैं तो बस योग-ध्यान करती थी, फिर बाद में वह भी छूट गया; पिछले दस साल से मैंने तो कभी...''

देवर्षि बीच में ही बोल पड़े- ''पर मैं तो हमेशा तुम्हारी सेवा का मेवा खाकर तृप्त होता रहा हूँ। प्रार्थना, योग, साधना, तप से भी बड़ा होता है- काम, क्रोध और स्वार्थ से हटकर दया की भावना रखना; मुझे याद है, तुम्हारे गुरु देवकी नंदन के परदादा ने अपने जीवन में कभी पूजा-साधना नहीं की, मगर कर्म अच्छे थे, इसलिए उन्होंने देवत्व को प्राप्त किया।''

शांति चिहुँक उठी- ''देवकी नंदन स्वामी जी कहाँ हैं? उनसे मिले अरसा हो गया; वो खुद को मेरा गुरु नहीं मानते थे... वो कहते थे कि मेरे गुरु आप ही हैं... आप उनके परदादा को भी जानते हैं?''

देवर्षि मुस्कराये-''हाँ,'' यह उन लोगों का बड़प्पन है कि उन्होंने कभी गुरुत्व का श्रेय लेना नहीं चाहा, वरना मार्गदर्शन करने वाला ही गुरु होता है; देवकी नंदन अब इस दुनिया में नहीं हैं, उन्हें मुक्ति मिल गई है।'' फिर शांति और अमन को चौंकना पड़ा- ''यह कैसे हो सकता है?''

देवर्षि ने कुछ सोचकर कहा- ''इस सवाल का जवाब अभी देना उचित न होगा; कुछ सवालों का हमेशा रहस्य रह जाना भी जरूरी है... फिर भी मैं वायदा करता हूँ कि समय आने पर तुम्हें यह सब बता दूँगा।

अचानक शांति काफी भावुक हो गई। उसने हाथ जोड़कर प्रार्थना करने के अंदाज में कहा- ''देवर्षि...! आज मैं बहुत दुःखी हूँ।''

''मुझे पता है,'' देवर्षि ने सहानुभूतिपूर्ण नजरों से उसे देखते हुए कहा- ''पिछले पन्द्रह वर्षों से तो मैं हमेशा तुम्हारे साथ हूँ।''

आश्चर्य से आँखें फैल गईं शांति और अमन की। ''याद करो, जब टोक्यो से नागासाकी आ रहे थे तुम लोग...रास्ते में टैक्सी खराब हो गई थी।''

'हाँ...।' एक साथ बोल पड़े अमन और शांति। देवर्षि ने कहा-''उस समय तुम्हारी समझ में नहीं आया होगा, लेकिन वह परमात्मा की कोशिश थी, तुम्हें बचाने की।''

शांति और अमन को अचरज हुआ। फिर शांति, बगावती तेवर में बोली- ''तो परमात्मा ने हमारे माँ-बाप को क्यों नहीं बचाया? हिरोशिमा और नागासाकी पर कहर ढाने वालों को क्यों नहीं रोका?''

देवर्षि ने कहा- ''मैंने कहा न, कि कुछ रहस्यों का अनसुलझा रह जाना जरूरी है; जो हुआ, अच्छा ही हुआ, जो हो रहा है, वह अच्छा ही हो रहा है और जो होगा, वह भी अच्छा ही होगा। कुछ घटनाएँ किसी को आहत करती हैं, तो उसका यह कहना स्वाभाविक है कि- ''यह बुरा हुआ, ईश्वर ने अनर्थ कर दिया; मगर...।''

''फिर मुझे क्यों बचाया?'' शांति तड़पकर बोली- ''मैं भी उसी बम-विस्फोट में मर जाती, यही अच्छा होता।'' रो पड़ी वह। देवर्षि ने कहा-''तुम दोनों का जिन्दा रहना जरूरी था; ईश्वर की इच्छा के मुताबिक, तुम्हें एक नये युग को गढ़ना है।''

''क्या मतलब...?'' शांति चौंक पड़ी। अमन के आश्चर्य की सीमा न रही। शांति थकी-थकी आवाज में बोली- ''अब हमसे कुछ नहीं हो सकेगा

देवर्षि, हम हार चुके हैं; इस दुनिया ने हमें हरा दिया... यूँ समझिये कि इस दुनिया ने शान्ति और अमन को तड़ीपार कर दिया।''

देवर्षि ने सहमति में सिर हिलाया-''मानता हूँ...लेकिन शांति और अमन अब रहेंगे कहाँ? अपना अस्तित्व खत्म कर लेंगे?''

अमन हड़बड़ा गया। इंकार में सिर हिलाते हुए कहा- ''यह तो कायरता है।''

''बिल्कुल सही...'' देवर्षि ने कहा- ''शांति और अमन ही तो इस दुनिया की जरूरत है... दुनिया नासमझ है, इसीलिए इसे ठुकरा रही है; शांति और अमन अपना अस्तित्व भी खत्म नहीं कर सकते, तो आखिर रहेंगे कहाँ?''

इस बार वे दोनों निरुत्तर थे। देवर्षि ने अपनी बात पर जोर देकर कहा- ''इसीलिए तो शांति और अमन को एक ऐसी दुनिया गढ़नी है, जहाँ वो सुख-चैन से रह सकें।''

''मैं कुछ समझा नहीं देवर्षि''

''सब समझ में आ जायेगा...।'' देवर्षि ने कहा- ''यह काम तुम्हें बारह साल पहले शुरु करना था। मैं परमात्मा का संदेश लेकर, उनकी शुभकामनाएँ लेकर तुम्हारे पास पहुँचने ही वाला था कि, तुमने हमारे कदम रोक दिये..।''

''कैसे...?'' शांति एकदम हकला गई- कब...कैसे...क्या किया था मैंने...?''

''तुमने नहीं...तुम दोनों ने।'' देवर्षि ने कहा- ''याद करो, अपनी सुहागरात में तुम दोनों ने एक कसम खायी थी; वह कसम बेवकूफियों से भरा फैसला था।''

''कैसे...?''

''तुम्हारी उस कसम ने तो सृष्टि को झकझोर कर रख दिया था। वह नादानी भरा फैसला था... तुमने सोचा था कि इस दुनिया में सबसे खतरनाक

चीज है-परमाणु बम; क्यों, यही सोचा था न?''

शांति और अमन खुद को उलझा-उलझा हुआ-सा महसूस कर रहे थे। बड़ी मुश्किल से शांति खुद को जवाब देने के लिए तैयार कर सकी। उसने स्वीकार किया कि उसने यही सोचा था।

देवर्षि ने कहा- ''मगर तुम्हारी वह सोच गलत थी बेटी... सच्चाई ये है कि परमाणु बम से भी खतरनाक है-मनुष्य की आत्मघाती सोच। इसी प्रवृत्ति ने परमाणु हथियारों को भी जन्म दिया है। यह प्रवृत्ति जाने-अनजाने हर मनुष्य के जेहन में प्रवेश कर चुकी है। अब यह तय हो चुका है कि मनुष्य खुद अपना विनाश कर लेगा, इसे कोई नहीं रोक सकता। बेटी, किसी व्यक्ति विशेष की सोच बदली जा सकती है, मगर भीड़ की सोच बदलना मुश्किल है। मनुष्य के मनमौजीपन...मनुष्य के अहंकार...उनके लोभ, क्रोध, स्वार्थ ने इसे नामुमकिन कर दिया है। अब एक ही रास्ता बचा है- नई सोच के साथ नये मनुष्य का निर्माण, जो एक नये युग का आरंभ कर सके और परमात्मा का आदेश है कि इसके सूत्रधार तुम बनोगे- तुम दोनों... तुम परमात्मा के आदेश का उल्लंघन नहीं कर सकते।''

अमन और शांति अचंभित थे। सच तो यह है कि उनकी समझ में कुछ नहीं आ रहा था। देवर्षि की पहेलियों ने उन्हें निरुत्तर कर दिया था। देवर्षि खुद बोले- ''तुम्हारे मन में कुछ सवाल उठने लगे हैं, इसका जवाब देने के लिए यह उपयुक्त समय नहीं है; तुम्हें हिमालय की पर्वतमालाओं में आना पड़ेगा। कब आओगे?''

शांति एकदम से बोल पड़ी-''मैंने भी यही सोचा था कि इस दुनिया से सौ बार हाथ जोड़कर मैं पहाड़ों में चली जाऊँ... अमन भी ऐसा ही सोचने लगा था; हम बहुत जल्द आ जायेंगे, लेकिन इन सवालों के जवाब...''

''वहीं मिल जायेंगे...।'' देवर्षि ने उसकी बात छीन ली- ''बहुत जल्द ही आना है तुम्हें, यूँ भी बहुत देर हो चुकी है।''

''मगर हमें आना कहाँ है? वहाँ आप से सम्पर्क कैसे होगा?'' अमन ने पूछा।

“मैं तो हमेशा तुम्हारे साथ हूँ... इससे आगे मैं तुम्हें ले जाऊँगा; अभी मुझे जाना होगा।”

देवर्षि उठकर खड़े हो गये। शांति और अमन ने उन्हें प्रणाम किया। देवर्षि ने आँखें बंद की, ध्यान का उपक्रम किया और अंतर्धान हो गये।

* * *

रोहन, सोनी, जैकब और सेजल काफी गंभीरता से कुछ सोच रहे थे। इस समय वे लैब के उस केबिन में बैठे थे, जो उन लोगों ने खासकर प्रोफेसर अमन के लिए बनवाया था। प्रोफेसर अमन का लैब में आना-जाना न के बराबर था, लेकिन उसने इन चारों को हर निर्णय लेने की पूरी-पूरी छूट दे रखी थी। बजट पर तो आज तक कभी डिस्कसन किया ही नहीं था, उल्टा उन्होंने कुछ ऐसे इंतजाम कर रखे थे कि, उन चारों की फाइनेन्शियल रिक्वायरमेंट खत्म हो चुकी थी। इतनी आमदनी और इतना सम्मान वे लोग प्रोफेसर अमन को छोड़कर कहीं और न कमा पायें शायद। यूँ कहें कि प्रोफेसर अमन ने उन चारों को मालिक का दर्जा दे रखा था। मगर फिर भी, उन लोगों का मिशन रुक-रुक कर आगे बढ़ रहा था। इसके दो कारण थे- पहला कारण उनके ऊपर समय का कोई दबाव नहीं था, दूसरा वे लोग जो कर रहे थे, उससे उन लोगों की महत्त्वाकांक्षा इस कदर जुड़ गई थी कि, कहीं कोई त्रुटि दिखने पर बिना लाग-लपेट के उस पर नये सिरे से काम करना शुरु कर देते। अब तक प्रोजेक्ट के फर्स्ट ड्रॉफ्ट में अनेक सुधार हो चुके थे और अनेक परिवर्तन हो चुके थे। आज सेजल ने एक ऐसा आइडिया दिया था, जो इस प्रोजेक्ट के लिए बहुत ही उपयोगी साबित होता। काफी देर के डिस्कसन के बाद वे लोग इस बात को मान भी चुके थे और इस सिलसिले में प्रोफेसर अमन से मिलने का प्रोग्राम ही बना रहे थे, तभी लैब का एक स्टाफ उन्हें एक पत्र थमा गया। स्टाफ ने बताया कि वह सुबह प्रोफेसर अमन के घर उनसे मिलने गया था। वे लोग कहीं जाने की तैयारी में थे और यह पत्र उन्होंने इन लोगों को देने के लिए दिया।

असमंजस में पड़े हुए रोहन ने लिफाफा खोलकर पढ़ना शुरू किया।

पहली पंक्ति को पढ़ने के साथ जो उसकी भौंवें सिकुड़ीं -वह अंत तक सिकुड़ी ही रह गईं। काफी सस्पेंस में सोनी ने पूछा- "क्या लिखा है पत्र में...? सोनी ने उससे पत्र छीन लिया, मगर रोहन ने कहा-सर और मैडम कहीं चले गए...कब आयेंगे या नहीं भी आयेंगे, पता नहीं।"

"क्या...? "जैकब ने आश्चर्य से पूछा-"कहाँ चले गये?"

"हिमालय की तराई में गए हैं, मगर लैण्डमार्क नहीं लिखा है... जिक्र किया है कि यह बात उन्हें भी नहीं मालूम।"

"अरे...!क्या हो गया अचानक?"

"पता नहीं..।" रोहन बोला- "उन्होंने यह भी लिखा है कि अब उनके घर और उनकी सारी प्रॉपर्टी की देखभाल हमें करनी है; वे जब वापस आयेंगे तो कानूनी- प्रक्रिया पूरी कर अपना सब कुछ हम चारों में बाँट देंगे।"

अजीब असमंजस में फँस गये थे वे चारों। उनकी समझ में नहीं आ रहा था कि यह सब क्या हो रहा था और क्यों हो रहा था। जैकब ने पूछा- "प्रोजेक्ट के बारे में भी कुछ लिखा है?"

"हाँ...लिखा है कि यह प्रोजेक्ट भी अब तुम चारों का है; उन्होंने हमें प्रोजेक्ट से संबंधित सब-कुछ सोचने-करने की स्वतंत्रता दे दी है।"

"गजब...!" सेजल बोली- "ऐसा केस अपनी जिन्दगी में पहली बार देख रही हूँ मैं।"

"जी हाँ...," जैकब भिन्नाया हुआ सा बोला- "हम लोग तो रोज-रोज देखते हैं। सेजल, सोनी और रोहन समझ गये कि, जैकब चिढ़-सा गया है सेजल की बात से। जैकब कुछ सोचते हुए बोला-"लगता है उन दोनों के मन में इस दुनिया से विरक्ति आने लगी है; मगर...फिर भी वो हमें इस तरह कैसे छोड़कर जा सकते हैं?"

"हाँ...मैं भी यही सोच रही हूँ," सोनी बोली- "जब अगली मुलाकात होगी तो मैं भी यही पूछूँगी उनसे, कि उनके बिना हमारे लिए उनके धन-दौलत का क्या काम।"

रोहन ने भी उनके सुर-में-सुर मिलाया-"सचमुच...उन्होंने बहुत बड़ा अपराध कर दिया है; उनका इस तरह चुपके से कहीं चला जाना किसी अपराध से कम नहीं है... इससे हमारा दिल आहत हुआ है। हमने तो उन्हें अपने दिल में अपने माँ-बाप से भी ऊँचा स्थान दिया है; मेरे पापा शादी की रट लगाये बैठे हैं, लेकिन मैंने तो साफ कह दिया कि इस प्रोजेक्ट के पूरा होने से पहले कुछ नहीं।"

"यही हाल मेरा भी है...।" सोनी बोली-"शायद हम चारों का एक जैसा हाल है... हमारे पैरेंट्स यह मानने लगे हैं कि हमारी शादी की उम्र निकली जा रही है।"

चारों बेहद असंतुष्ट थे प्रोफेसर अमन और शांति से।

* * *

अमन और शांति, हिमालय की पर्वतमालाओं को निहार रहे थे। चारों तरफ बर्फ की सफेद चादर से ढके हुए विशाल पर्वत। हर तरफ एक सिहरन पैदा करने वाली शान्ति। पर्वतों के बीच कल-कल करती हुई बहती मंदाकिनी। हरे-भरे घने देवदार के वृक्षों की दिव्य सुगंध चारों तरफ। पर्वत में एक छोटी-सी गुफा। यही जगह थी, जहाँ शांति और अमन को विश्राम के लिए ठहराया गया था।

दिव्यदर्शियों का कहना है कि- ब्रह्मांड की सघन अध्यात्म चेतना का धरती पर विशिष्ट अवतरण इसी क्षेत्र में होता है।

अमन और शांति अचंभित थे कि वे दोनों बिना किसी गाइड के किसी सम्मोहन में बँधकर वहाँ तक चले आये थे। वहाँ एक ऋषि ने उनकी अगवानी की, उन्हें ठहराया और बताया कि देवर्षि रघुनंदन जी ध्यान से निवृत्त होने पर उनसे मिलेंगे।

उनके मन में देवर्षि से मिलने की व्यग्रता तो थी ही, साथ-ही-साथ कई और विचार घुमड़ रहे थे। वहाँ चारों तरफ असीम शांति फैली थी, फिर भी शांति और अमन के मन में हलचल-सी मची हुई थी। खासकर, दो सवाल उनके मन में बार-बार उठ रहे थे कि-मनुष्य स्वयं अपना विनाश कर लेगा

और उन्हें नये युग का सूत्रपात करना है-कैसे?

ज्यादा इंतजार नहीं करना पड़ा उन्हें। देवर्षि जल्द ही वहाँ आ पहुँचे। देवर्षि ने पूछा-"आने में कोई कठिनाई तो नहीं हुई?"

"नहीं देवर्षि, मगर..."

देवर्षि ने उन्हें आगे बोलने नहीं दिया। खुद बोल पड़े-"मैं तुम्हारे सवालों का जवाब देने ही यहाँ आया हूँ; तुम जानना चाहते हो न, कि मनुष्य अपना विनाश स्वयं कर लेगा, ऐसा क्यों कहा मैंने?"

"जी..." अमन हकला गया-"मगर आपको कैसे पता कि मैं यही पूछना चाहता था?"

"तुम तो कुछ और भी पूछना चाहते हो...।" देवर्षि ने कहा-"लेकिन प्रत्येक सवाल का जवाब बारी-बारी से होना चाहिए; अब तो तीन सवाल हो गये... पहला सवाल है कि मैंने तुम्हारे मन की कैसे जान ली?"

"जी...जी हाँ।" शांति और अमन ने जिज्ञासा जतायी तो देवर्षि ने कहा- "यह कोई बड़ी बात नहीं है...यह चमत्कार भी नहीं है; यह तो मानव की जन्मजात शक्ति है, जिसे खुद मनुष्य ने खो दिया है।"

'मतलब...?' अमन आश्चर्य से बोला। शांति ने भी आश्चर्य से पूछा- 'कैसे?'

देवर्षि ने बताया-"आदिकाल का मानव, दिव्य शक्तियों से भरा-पूरा था; उसके अन्दर इतनी ऊर्जा थी, कि वह ब्रह्मांड को भी अपने वश में कर सकता था। लेकिन युग बीत गया, मनुष्य को अपने अंदर की शक्ति को पहचानने में। आखिर, मनुष्य ने अपनी शक्ति पहचान तो ली, मगर फिर भी वह ब्रह्मांड को वश में नहीं कर सका, पूछो क्यों...?"

इस बार अमन और शांति ने ध्वनिमत से नहीं, बल्कि अचरज में पड़े हुए इशारों-इशारों से ही पूछ लिया। देवर्षि ने कहा-"क्योंकि तब तक मनुष्य को एक बीमारी लग गई थी- लालच की। मनुष्य लालची हो गया और अपने काम के लिये अपनी शक्तियों को इस्तेमाल करने की बजाय दूसरों का इस्तेमाल करना शुरू कर दिया। इस तरह मनुष्य ने तरह-तरह के जानवरों

पर अपना स्वामित्व जमा लिया। लालच और बढ़ी, तो एक मनुष्य दूसरे मनुष्य पर भी अपना स्वामित्व जमाने की तरकीबें सोचने लगा-सत्ता की भूख यहीं से शुरू हुई। उस काल में, मनुष्य शरीर से बलवान था... बुद्धि कम थी, मगर बुद्धि का इस्तेमाल ज्यादा करता था, इसीलिए बुद्धि निखरती गई, शरीर कमजोर पड़ता गया। यह तो संसार का नियम है और तुम्हारे वैज्ञानिक भी यही मानते हैं, कि जिसका प्रयोग ज्यादा होगा, वह सबल होगा और जिसका प्रयोग कम होगा-वह दिन-ब-दिन दुर्बल होता जायेगा। वक्त बीतता गया। मनुष्य अपने अंदर की दिव्य शक्तियों को नजरअंदाज करता गया और धीरे-धीरे यह शक्ति लुप्त होती गई। शरीर दुर्बल होने लगा और बुद्धि विकसित हो गई। इसी का परिणाम है कि आज मनुष्य की आयु दो सौ वर्ष से घटकर सौ से नीचे आ गयी। दिव्यशक्ति लुप्त हो गई और अब तो इस शक्ति को दकियानूस भी करार दिया जाने लगा है। मनुष्य, पूरी तरह अपनी बुद्धि में विश्वास करने लगा है। इसी विकसित बुद्धि ने छल, प्रपंच को भी जन्म दिया। छल-प्रपंच ने षड्यंत्र को जन्म दिया और इसी षड्यंत्र के तहत मनुष्य ने दोहन की नीति सीखी।''

अब मनुष्य प्राकृतिक संसाधन का दोहन करने में मशगूल है; अपनी सुख-सुविधाओं और दूसरों को दुःख पहुँचाने की चीजें बनाने में मशगूल है। मनुष्य की नजर बहुत दूर की चीजों पर टिक गई है...अब उन्हें अपने अंदर झाँकने की फुर्सत नहीं है, वरना शक्तियों का अपार संग्रह तो अपने शरीर के अन्दर ही है। इस शक्ति में विश्वास करो...अपनी शक्तियों को जगाने की कोशिश करो, तुम भी दूसरों के मन की बात जानने लगोगे। यह तो साधारण-सी बात है; ऐसे-ऐसे चमत्कार दिखेंगे, जो तुम्हारे द्वारा बनाई गई मशीनें तुम्हें नहीं दिखा सकतीं। अपने अंदर की ऊर्जा को जगाओ...तुम परग्रही परिस्थितियों का सामना बड़ी आसानी से कर लोगे, यह शरीर हर ताप, हर दबाव का सामना करने में सक्षम हो जायेगा। तुम पंचतत्व को वश में कर सकते हो... पंचतत्व से ही ब्रह्मांड का निर्माण हुआ है।

''मनुष्य खुद अपना विनाश कैसे कर लेगा?''

''युगों पहले मनुष्य ने जंगल-झाड़ में अपने सहारे के लिए और जंगली जानवरों से अपनी सुरक्षा करने के लिए एक अस्त्र ईजाद किया,

जिसे लाठी कहा गया। एक दिन एक मनुष्य ने दूसरे मनुष्य पर लाठी से प्रहार किया; उस दिन से हिंसा की प्रवृत्ति ने जन्म लिया। फिर लाठी से कारगर अस्त्रों का निर्माण होने लगा; भाला, फरसा, तीर के बाद गोली, बंदूक और बारूद जैसी चीजें भी बनने लगीं मनुष्य की हिंसक क्षुधा को शांत करने के लिए। फिर बम बने, परमाणु बम भी बने; अब तो परमाणु हथियार बनाने की होड़ लग गई है। यह होड़ शायद दिन-ब-दिन बढ़ती ही चली जायेगी। एक दिन संसार में इन हथियारों का इतना बड़ा जखीरा तैयार हो जायेगा कि एक बार मनुष्य का क्रोध फूटा और सर्वनाश।

बम और बारूद का खौफ इतना बड़ा नहीं है, जितना मनुष्य की बिगड़ी हुई सोच का है। लोभ-लालच, छल-प्रपंच, झूठ-फरेब बढ़ता जा रहा है और मानव-मूल्य खत्म होता जा रहा है। मनुष्य की मौत मुझे उतना चोट नहीं पहुँचाती, जितना मनुष्यत्व की मौत पहुँचाती है। मनुष्य अपनी मूल परिभाषा से बहुत दूर हो गया है। अब मानव के शरीर में दानव की आत्मायें निवास करने लगी हैं। अब मानव दानवों की तरह सोचने और करने लगा है। वह जिस धरती पर रहता है, उसी का दोहन करने लगा है, जिस वायुमंडल में जीता है, उसे ही दूषित करने लगा है... छीनने और हासिल करने की प्रवृत्ति में मनुष्य इतना मशगूल हो गया है कि उसे यह सोचने-समझने की न फुर्सत है, न जरूरत महसूस करता है कि, हम क्या हासिल कर रहे हैं, क्या खो रहे हैं?

दरअसल, सहजीविता इस सृष्टि का नियम है, विनिमय इसकी शर्त है। हम दूसरों से जितना प्राप्त करें, उतना उन्हें प्रदान भी करें; यह जरूरत भी है और कर्तव्य भी। आदिकाल से ही प्रकृति इसी नियम से चल रही है। सूर्य, चंद्र, पृथ्वी या अन्य ग्रह एक-दूसरे को कुछ देकर, बदले में कुछ पाकर ही अपने अस्तित्व को बरकरार रखे हुए हैं; इसके बिना किसी ग्रह-उपग्रह का अस्तित्व नहीं बच सकता।

अफसोस है कि इस नियम को सबसे पहले मनुष्य ने ही तोड़ा। अपने स्वार्थ में लीन होकर मनुष्य सिर्फ लेने की तरकीब बनाता रहा और देने के नाम पर उसने अँगूठा दिखाने की विधि ढूँढ़ ली। यहीं मानव-मूल्य कमजोर पड़ने लगा और अब तो लगभग मृतप्राय हो गया है।

इतने भर से संतोष नहीं हुआ मनुष्य को, उसने पृथ्वी को अपना निशाना बना लिया। पृथ्वी के दोहन में आज कोई कोर-कसर नहीं छोड़ी जा रही है। वायुमंडल को दूषित करने में कोई कमी नहीं बरती जा रही है। जमीन और हवा के साथ-साथ मनुष्य अपने भोजन को भी जहरीला बनाने में लगा है।

स्वार्थ ने मनुष्य को 'हम' से 'मैं' पर ला दिया और अब 'मैं' की मनोवृत्ति पर भी ग्रहण लगता हुआ दिख रहा है। रहने-खाने और साँस लेने की चीजों के साथ खिलवाड़ करते-करते मनुष्य यह भूल गया है कि हम अपने बच्चों को एक विनाशकारी विरासत की ओर धकेल रहे हैं; समझ में नहीं आता कि यह कैसा विकास है।

यह पृथ्वी, दोहन को झेलकर अपनी शक्ति खोती जा रही है; यह जितना दूसरे ग्रहों से ले रही है, उतना वापस नहीं कर पा रही है। धीरे-धीरे हमारी पृथ्वी और हमारे वायुमंडल पर उधार का बोझ इतना बढ़ जायेगा कि यह उधार चुकाने के काबिल ही नहीं रहेगी। मगर उधार तो चुकाना ही पड़ेगा। एक मनुष्य दूसरे मनुष्य को अँगूठा दिखा सकता है, मगर प्रकृति में अँगूठा दिखाने की नीति को कभी जगह नहीं मिल पायेगी- उधार तो चुकाना ही पड़ेगा। जिस दिन उधार वसूलने वाला आ धमकेगा-पृथ्वी क्या करेगी? बेचारी तो इतनी कमजोर हो चुकी है कि एक जोर का झटका भी सहन नहीं कर पायेगी।

"यह बात मनुष्य जानता तो है, मगर मानता नहीं। वह वहम में जी रहा है कि, जब जैसा होगा, देख लेंगे या फिर...कोई उन्हें बचा लेगा। आश्चर्य! मानव-मूल्य मर रहा है और मनुष्य पैगम्बर की राह देख रहा है। पैगम्बर को भी जाति-धर्म में बाँट दिया गया है और आपस में लड़ने का बहाना उसी पैगम्बर को बना लिया है। अब कोई पैगम्बर नहीं आने वाला। अभी पृथ्वी पर नई गणना के आधार पर कौन-सा साल चल रहा है?" अमन, बुदबुदाया- "सन् 1962।"

"ठीक है"- देवर्षि ने कहा- मैं जब पचास-साठ साल या सौ साल आगे की सोचता हूँ तो एक अजूबा दुनिया दिखाई देती है... मनुष्य अपनी सुख-सुविधाओं का सारा सामान बना लेगा और पूरी तरह मशीनों पर

आश्रित हो जायेगा। शरीर और दिमाग को काम करने की जरूरत नहीं पड़ेगी- सब कुछ मशीन कर लेगी। फिर शरीर और दिमाग में शिथिलता आती जायेगी। शरीर मेहनत से महरूम होकर रोग और पीड़ा का घर हो जायेगा और दिमाग विकारों का। विकार कलह पैदा करेगा और शरीर लड़ने के काबिल न रहेगा। मनुष्य की बनायी मशीन, मनुष्य के लिए, मनुष्य से ही लड़ेगी। मशीनों को क्या पता कि मनुष्य- मनुष्य की लड़ाई में दूसरे जीव-जंतुओं का कोई दोष नहीं। बेगुनाहों को मारने में मशीन के हाथ क्यों काँपेंगे? इस तरह मनुष्य लाखों-करोड़ों बेगुनाहों की मौत का पाप भी अपने भविष्य-निधि में अर्जित कर लेगा। इस सबसे बचोगे तो प्रकृति अपना हिसाब लेने आ धमकेगी। नाना प्रकार की आपदाएँ आयेंगी; कभी अग्नि-वर्षा, तो कभी जल-प्रलय, कभी भूकंप तो कभी ज्वालामुखी। हो सकता है ये आपदाएँ एक साथ आ जाये...फिर न पृथ्वी रहेगी, न जीव-जंतु...न मनुष्य...सब स्वाहा हो जायेगा।'' देवर्षि चुप हो गये। शांति और अमन को भी कुछ बोलते न बन पड़ा। थोड़ी देर में देवर्षि ने खुद बोलना शुरू किया- ''मनुष्य, तथाकथित विकास और बेजा सत्ता-स्वामित्व हासिल करने की अंधी दौड़ में इतना मशगूल है कि उसे भविष्य की तबाहियों को देखने व महसूस करने के लिए फुर्सत नहीं है, न ही वह इसकी जरूरत को समझता है... अब किसी पैगम्बर का उपदेश भी उसे कुछ समझा नहीं सकता, जानते हो क्यों?''

शांति और अमन ने इशारा कर यह बात भी देवर्षि रघुनंदन से ही जानना चाहा। देवर्षि ने कहा- ''मनुष्य किसी का उपदेश क्यों सुनेगा भला; वह तो उपदेश का कुबेर समझने लगा है खुद को; वह अहंकारी यह समझने लगा है कि उसके पास उपदेश की बहती गंगा है... उपदेश के बारिशों से भरे बादल है। वह उपदेश देने की काबिलियत रखता है-लेने की जरूरत ही नहीं समझता। उपदेश के दान में, मनुष्य के सामने कोई दानवीर भी नहीं टिक पायेगा। वह तो अपना उपदेश दूसरों तक पहुँचाने के लिए विभिन्न माध्यमों का प्रयोग करता है... करोड़ों खर्च भी करता है। मगर... उपदेश से उद्धार नहीं होता। उद्धार 'आचरण' से होता है। मगर हे मनुष्य! आचरण के मामले में तो तेरे हाथ बहुत तंग हो गये हैं।''

एक पल रुककर देवर्षि ने कहा- ''आचरण को गढ़ना पड़ता है...वर्षों लग जाते हैं, पीढ़ियाँ गुजर जाती है...और हे मनुष्य! तू तो हर काम को कल पर टालने का आदी हो चुका है। मैं जानता हूँ कि आप इतने निश्चिंत हैं, अति उत्साही हैं, अहंकारी और अंधविश्वासी हो गये हैं कि आप आज की अहमियत को समझना ही नहीं चाहेंगे और जिस कल को आप इस काम के लिए सुरक्षित करेंगे, उसे आपकी व्यस्तताएँ, आपकी जरूरतें आपका मस्तमौलापन, हमेशा अगले कल के लिए टालता रहेगा। ऐसा करते-करते एक दिन इस ''आज और कल'' की हद भी समाप्त हो जायेगी; सामने कयामत अपना जबड़ा फाड़कर आपको निगलने के लिए तैयार खड़ी मिलेगी। आपको सँभलने का तो क्या... सोचने-समझने का वक्त भी नहीं मिल पायेगा... खुद को कोसने तक का वक्त नहीं मिल पायेगा... आप प्रायश्चित भी नहीं कर पायेंगे और... सब-कुछ खत्म हो जायेगा।'' देवर्षि चुप हो गये। शांति और अमन अवाक-से उन्हें देखता रह गये। बड़ी मुश्किल से पूछ सकी शांति-''तो...इसका उपाय क्या है?''

''अब इसका एक ही उपाय है...मनुष्य की नई पौध तैयार करना, जो एक नये युग की शुरूआत कर सके; जिसका न कोई अतीत हो, न कोई जाति हो, न कोई धर्म हो... जो नख से चोटी तक सिर्फ एक मनुष्य हो, जिनका एकमात्र धर्म हो, मानव-धर्म। इसके लिए मुझे स्थूल शरीर धारी ऐसे व्यक्ति की तालाश थी, जिसकी इच्छाओं, वासनाओं और लालसाओं पर उसका वश हो; जिसका हृदय मानव-जाति के कल्याण के लिए द्रवित हो...वह तुम हो...तुम दोनों...''

देवर्षि ने दार्शनिक के अंदाज में कहा- ''तुम्हें ही उस दुनिया का सूत्रपात करना है, जहाँ शांति और अमन का साम्राज्य हो।''

''मगर हमें करना क्या होगा?''

देवर्षि ने कहा-''तुम बहुत थक चुके हो...आराम करो; मैं जानता हूँ कि शहर की सुख-सुविधायें यहाँ उपलब्ध न होने के बावजूद यहाँ तुम किसी तरह की तकलीफ महसूस नहीं करोगे; यहाँ की असीम शांति तुम्हें काफी सुकून पहुँचायेगी, कल सुबह मैं तुम्हें कुछ दिखाने वाला हूँ।''

“क्या…?” शांति ने उत्सुकता से पूछा तो हँस पड़े देवर्षि। बोले- “मुझे तुम्हारा यह बचपना बहुत अच्छा लगा; मुझ पर भरोसा रखो, कल का दिन बहुत ही शुभ है-शुभ काम की शुरूआत शुभ समय में हो तो और भी अच्छा है; किसी तरह की तकलीफ हो तो मेरा स्मरण करना, तुम्हारी जरूरत पूरी हो जायेगी… मुझे ऋषि-संसद में जाना है, मैं जा रहा हूँ।”

शांति ने फिर प्रणाम किया उन्हें और बाद में अमन ने भी। देवर्षि अंतर्धान हो गये। थोड़ी देर की चुप्पी के बाद अमन ने फुसफुसाकर शांति से पूछा- “ऋषि-संसद क्या होता है?”

शांति ने बताया-“पृथ्वी पर जब भी कोई बड़ी विपदा आने वाली होती है, तो सारी दिव्य आत्मायें एकजुट होकर उसके समाधान का उपाय ढूँढ़ती हैं; दिव्यात्माओं की मीटिंग को ऋषि संसद कहते हैं।

“यानी कोई विपदा आने वाली है?”

“शायद… या यह भी हो सकता है, आज की संसद का विषय-वस्तु कुछ और हो; यह तो देवर्षि से पूछने पर ही पता चलेगा।”

अमन ने स्वीकृति में सिर हिलाया।

* * *

देवर्षि आगे-आगे और वे दोनों उनके पीछे-पीछे, गर्म कपड़ों में भी ठण्ड से ठिठुरते हुए। रास्ते में एकाध तपस्वी दिख जाते थे, नंगे बदन, ध्यान में लीन। सोच में पड़ जाते वे दोनों, कि इस ठण्ड को कैसे झेलते हैं ये लोग। वे तीनों तड़के ही चल पड़े थे। अब क्षितिज से सूरज भी झाँकने लगा था। दूर तक फैले बर्फ पर फैलकर सूर्य की किरणें गुलाबी रंग की दिख रही थीं। बेहद रोमांचित कर देने वाली सुबह थी वह, मगर शांति और अमन इन नजारों का आनंद नहीं ले पा रहे थे; उनके जेहन में एक साथ कई विचार जो घुमड़ रहे थे। अमन, मन-ही-मन देवर्षि के बारे में सोचने लगा-ये अपने जीवनकाल में सस्पेंस थ्रिलर के राइटर रहे होंगे; समय आने पर ही अपना पन्ना खोलते हैं। इस समय भी उन्होंने उन दोनों को सस्पेंस में ही डाल रखा था। वे लोग कहाँ जा रहे थे, न अमन को पता, न शांति को, बस चले जा

रहे थे। एकाएक देवर्षि रुककर अमन से मुखातिब हुए। मुस्कराकर बोले- "बस थोड़ी ही देर में हम पहुँचने वाले हैं, सारी बात तुम्हारे समझ में आ जायेगी।"

अमन पर एक बार फिर घोर आश्चर्य का आक्रमण हुआ। उसकी अंतर्रात्मा ने सरगोशी की-"ये क्या जादू है, आखिर ये दिल की बात जान कैसे लेते हैं?"

देवर्षि फिर उसे देखकर मुस्कराये, मगर इस बार इस संदर्भ में कुछ नहीं कहा। उन्होंने दूसरी ही बात कही-हैरत में डाल देने वाली बात। देवर्षि ने कहा- "आगे का रास्ता बहुत दुर्गम है; कहीं ऊँचे पहाड़ तो कहीं गहरी खाई... हम आकाश मार्ग से गमन करें तो जल्दी पहुँच जायेंगे।"

अमन चौंक पड़ा। शांति भी चौंक पड़ी- "आकाश मार्ग से गमन...!"

"तुम लोग अपनी आँखें बंद करो...।" देवर्षि ने पास आकर कहा- और अपना ध्यान पूरी तरह परमात्मा में टिकाये रखना।"

दोनों ने ठीक वैसा ही किया-जैसा देवर्षि ने कहा था।

* * *

एक रोमांचकारी यात्रा के बाद अमन और शांति ने खुद को एक गुफा के द्वार पर पाया। उनके पाँव जमीन पर नहीं पड़ रहे थे। कभी-कभी तो वे वहम का शिकार हो जाते कि, कहीं वे सपना तो नहीं देख रहे हैं।

गुफा के दरवाजे पर एक विशालकाय पत्थर रखा था। देवर्षि ने आँख बन्द की, कुछ स्मरण किया, पत्थर सरकने लगा और उनका रास्ता छोड़ दिया। वे लोग अन्दर दाखिल हुए तो पहले धुप्प अँधेरा था... अब देवर्षि के तेज से ही पूरी तरह रौशन हो गया था।

अमन ने लक्ष्य किया-वह कोई साधारण गुफा नहीं थी। दूर-दूर तक फैली उसी गुफाओं में हर जगह शैलचित्र खींचे गये थे और अनजानी-सी लिपि में कुछ लिखा हुआ था, पत्थर के बड़े-छोटे बरतन रखे थे। कुछ समझ में नहीं आया उन दोनों को। देवर्षि ने उन्हें बताया- "मैं भी तुम लोगों की ही तरह अचंभित हूँ, क्योंकि प्रकृति ने हजारों सालों से इस गुफा को

सुरक्षित रखा है। यह प्राचीन काल की एक प्रयोगशाला है; हजारों साल पहले किसी ऋषि या वैज्ञानिक ने आज से सौ साल आगे की परिस्थितियों का अनुमान लगाया था और साफ शब्दों में लिखा कि-"मनुष्य खुद खाई खोदेगा और उसमें दफन हो जायेगा... शायद शैलचित्रों के नीचे उकेरी हुई लिपि तुम्हारी समझ में नहीं आयेगी; मुझे भी कई वर्ष लग गये इसे समझने में... आओ...मैं तुम्हें पढ़कर सुनाता हूँ और समझाता हूँ।"

देवर्षि उन्हें एक शैलचित्र के नीचे ले आये। एक विशालकाय मानव के शैलचित्र के पास। शांति और अमन ने अनुमान लगाया-यह किसी महामानव का चित्र है। ऊँचाई ग्यारह फीट और सीना छप्पन इंच से कम न होगा।

देवर्षि किसी पुरानी लिपि में खुदी हुई इबारत को पढ़कर सुनाने लगे। शांति और अमन ने अपनी सारी ज्ञानेन्द्रियों को केन्द्रित कर लिया।

* * *

घंटों बाद तीनों गुफा से बाहर आये। उनके निकलते ही देवर्षि का इशारा पाकर पत्थर, गुफा के दरवाजे पर मुस्तैदी से आ खड़ा हुआ। तीनों एक बड़े चट्टान पर बैठ गए। देवर्षि ने उन दोनों से पूछा- "कुछ कहना चाहोगे?"

"अद्भुत!" अमन ने अपनी बात पर जोर देकर कहा-"अत्यंत अद्भुत।"

"यह चमत्कार ही है...।" शांति बोली- "ऐसा तो मैं सपने में भी नहीं सोच सकती थी; मेरे अनुमान से यह गुफा बारह हजार साल से भी ज्यादा पुरानी है... शैलचित्रों और उसके विवरण के आधार पर मेरा अनुमान है कि यह 'पेलियोलिथिक इरा' का वर्णन है, जब पृथ्वी पर एक से अधिक मानव-समुदाय का वजूद था; इसे पुरापाषाण युग भी कहते हैं... इस काल को पच्चीस लाख साल पूर्व से बारह हजार साल पूर्व तक चिन्हित किया गया है। भारत में इसके अवशेष सोहन, बेलन और नर्मदा नदी घाटी में प्राप्त किये गए हैं। शैलचित्रों में कुल्हाड़ी, क्लीवर और स्क्रीपर आदि उपकरणों के हथियार के रूप में दुरुपयोग पर चिन्ता जताई गई है और अनुमान लगाया

गया है कि मनुष्य ने विनाश का रास्ता देख लिया है; एक समय ऐसा आयेगा, जब एक पल में पृथ्वी का नामोनिशान मिटा देने वाला हथियार भी बना लेगा।''

''मैं दाद देता हूँ भविष्य का आकलन करने वाले उस ऋषि या वैज्ञानिक को; उनका अनुमान बिल्कुल सच होता दिख रहा है; मगर मेरा अनुमान है कि यह किसी अकेले आदमी का एफर्ट नहीं है, यह कई ऋषियों और वैज्ञानिकों का सामूहिक प्रयास रहा होगा।''

''बिल्कुल ठीक... उस युग में लोग पूरी तरह पत्थरों पर आश्रित थे-गुफाओं में रहना, पत्थर से आग जलाना आदि; पत्थरों के साँचे में मानव-शरीर के जो अवयव रखे गये हैं, वो होमो सेपियंस के नहीं हैं।''

''तो...?'' चौंक पड़ा अमन-''हम होमो सेपियंस ही हैं न?''

''हाँ...।'' शांति बोली-''हम यानी मानव की वर्तमान प्रजाति; सिर्फ हमारी प्रजाति ही नियोलिथिक इरा तक पहुँच सकी... यहाँ जो अवशेष व अवयव रखे गये हैं, वो निश्चित रूप से होमो फ्लोरियेंसिस के हैं-पूर्व प्रजाति के मानव की... कुछ ऐसे पेड़-पौधों के बीज सुरक्षित रखे गये हैं, जिनकी प्रजाति विलुप्त होने के कगार पर थी, जबकि वे पेड़-पौधे मनुष्य की शारीरिक और मानसिक क्षमता में चमत्कारिक लाभ प्रदान करते थे। शैलचित्रों के साथ कुछ ऐसे मंत्र व उन्हें सिद्ध करने के उपाय बताये गये हैं, जो तरह-तरह के चमत्कारों को जन्म दे सकते हैं... मेरा अनुमान है कि इन चीजों को इकट्ठा करने वालें को भी शायद यह अनुमान था कि उनकी कोशिश उनके जीवनकाल में पूरी न हो, इसीलिए वो ऐसी तैयारी कर गये, जो उनके जीवनकाल के बाद भी जिन्दा रहे... मनुष्य, पशु-पक्षियों, जीव-जन्तुओं व वनस्पतियों के डी.एन.ए. के अलावा विलुप्त हो रहे मंत्र व तंत्र का अनोखा संग्रह है यह।''

''शायद उन ऋषियों-वैज्ञानिकों की मृत्यु हो गई, इसीलिए उनका मिशन अधूरा रह गया, लेकिन इन चीजों का इतने हजार साल तक सुरक्षित रहना भी अपने आप में आश्चर्य ही है।''

''इस संसार में अब तक हजारों तरह के चमत्कार हुए हैं; यह भी वैसा

ही एक चमत्कार है... ऐसा भी कह सकते हैं कि परमात्मा को यह काम तुम लोगों से करवाना था, इसके लिए उन्होंने मुझे माध्यम बनाया है।''

''एक और खास बात देखने को मिली इसमें...।''

'क्या...?' अमन ने पूछा तो शांति ने कहा-''उस काल के जिन कुछ प्रयोगों का जिक्र है, उसके आधार पर यह दावे के साथ कह सकते हैं कि उस काल का विज्ञान बेहद चमत्कारिक था।''

''यकीनन...!'' अमन ने कहा-''धीरे-धीरे यह बात अब स्पष्ट हो रही है कि हमारे वैज्ञानिकों ने प्रेरणा और सिद्धांत पूर्वजों से ही लिए हैं; हमारी उपलब्धि यह है कि हम उसी विज्ञान का मशीनीकरण कर रहे हैं।''

''यानी उनका विज्ञान, मंत्र और तंत्र पर आधारित था, हमारा विज्ञान पूरी तरह यंत्र पर आधारित है।''

''अरे हाँ...!'' एकाएक शांति चौंक कर बोली- ''अमन, तुमने पीछे वाली दीवार पर 'मंत्रिका' और 'तंत्रिका' श्रेणी के विमानों के बारे में जो समझाया गया है, उस पर गौर किया?'' अमन ने रोमांचित मुद्रा में हामी भरी। शांति भी उसी मुद्रा में बोली- ''कमाल है, त्रिपुर विमान, जो जल में तैर सकता है, थल में दौड़ सकता है और नभ में उड़ सकता है... क्या बात है! सबसे चमत्कारिक बात तो 'पुष्पक विमान' में है, जो यात्रियों की संख्या और वायु के घनत्व के हिसाब से स्वयं अपना आकार छोटा व बड़ा कर सकता था।''

''हाँ...।'' देवर्षि ने कहा- ''वर्तमान समय में हम पदार्थ को जड़ मानते हैं, लेकिन हम पदार्थ की चेतना को जागृत कर लें तो उसमें भी संवेदना जन्म ले लेती है और वह वातावरण व परिस्थितियों के अनुरूप अपने को ढालने में सक्षम हो जाता है; पुष्पक इसी कारण स्वसंवेदना से क्रियाशील होकर आवश्यकता के अनुसार आकार बदल लेने की क्षमता रखता था; यह अपना ईंधन वायुमंडल से ही प्राप्त करता था और उसी व्यक्ति से संचालित होता था, जिसने विमान संचालन से संबंधित मंत्र सिद्ध किया हो... पुष्पक के बारे में यह भी बताया गया है कि यह मन की गति से न सिर्फ एक स्थान से दूसरे स्थान तक, बल्कि एक ग्रह से दूसरे ग्रह की यात्रा में भी सक्षम था। शायद

रामायण में जिस पुष्पक का जिक्र है, उसकी प्रेरणा इन्हीं से ली गई हो!'' ''वह अंतरिक्ष यान की क्षमताओं से भी लैस था और यह भी बताया गया है कि किस तरह चमत्कारिक शारीरिक क्षमताओं, मंत्र और तंत्र के बल पर कोई भी इंसान, परग्रही परिस्थितियों में खुद को ढाल सकता था, दूसरे ग्रह के ताप-दाब का सामना कर सकता था।'' शांति ने अमन से मजाक किया- ''क्यों प्रोफेसर, चलें अंतरिक्ष की सैर पर?''

''ओह!'' शांति बोली- ''कितना अद्भुत होगा वो विमान, जिसमें दुश्मनों का पता लगाने, दुश्मनों से लड़ने व खुद को बचा लेने के जादुई तरीकों का जिक्र है। वे मंत्र भी बताये गये हैं, जिनकी सिद्धि कर लेने से इस विमान को मन की गति से उड़ाया जा सकता है... वाह!'' फिर वह अमन से मजाकिया अंदाज में बोली-''प्रोफेसर... अब तो आपको अपने सपनों का विमान बनाने में काफी मदद मिल जायेगी, साथ ही साथ आपको योगी भी बनना पड़ेगा।''

'क्यों?' अमन ने आश्चर्य से पूछा तो शांति बोली-जैसे भी हो, जप-तप करके इन मंत्रों की सिद्धि प्राप्त करनी होगी; फिर आपका विमान मन की गति से अंतरिक्ष की दूरियाँ तय कर सकेगा... मेरा मन अंतरिक्ष की सैर करने को कर रहा है...''

अमन हँस पड़ा। वह बोला- ''तंत्र-मंत्र मैं क्या जानूँ...मगर विमान तो बनेगा...रामायण काल के जिस विमान से मैंने प्रेरणा ली, उससे भी बेहतर विमान बनाऊँगा, मगर तंत्र-मंत्र का जिम्मा तो देवर्षि जी को ही सँभालना पड़ेगा... वैसे, पहले हम इस बात पर विचार करें कि देवर्षि जी हमसे क्या चाहते हैं।''

दोनों उत्सुकतावश देवर्षि को देखने लगे। उन्होंने कहा- ''देखो अमन...इस दुनिया के बारे में बेशक तुम्हारी जो भी राय हो, मगर मुझे तो अब इस दुनिया का कोई भविष्य नजर नहीं आता। मेरी बात पर गौर करना; एक तरफ पृथ्वी का दोहन और वायुमंडल से छेड़छाड़ कर प्राकृतिक आपदाओं को आमंत्रित किया जा रहा है, दूसरी तरफ विद्वानों का एक बड़ा तबका अपने पाँव तले खिसकती हुई जमीन की परवाह करने की बजाय आसमान की ओर देख रहा है... ग्रहों और उपग्रहों को खंगाल रहा है...दूसरे

ग्रहों पर अपनी बस्ती बसाने के ख्वाब देख रहा है, ताकि उन ग्रहों का दोहन कर सके। तीसरी तरफ, दुनिया पर शक्तिशाली से शक्तिशाली, खतरनाक से खतरनाक परमाणु बम बनाने का जुनून सवार हो गया है; जाहिर है, ये बम, प्रदर्शनी लगाने या अचार डालने के लिए नहीं बनाये जा रहे।''

अमन और शांति ने चिंतित भाव से उनकी बातों में सहमति दी। देवर्षि ने कहा- ''क्रोध, विनाश का कारण है; यह मनुष्य के सिर चढ़कर बोलने लगता है तो अक्ल घुटने में आ जाती है। जाहिर है, यह अहंकार किसी दिन क्रोध को भड़कायेगा और क्रोध भड़केगा तो बम भी फूटेंगे...'' फिर उन दोनों ने देवर्षि की बात में सहमति दी। देवर्षि ने कहा-''एक बम फूटेगा तो दूसरा और फिर तीसरा भी फूटेगा; कम-से-कम आधी दुनिया तो बम के धमाके में खत्म हो जायेगी... जो शेष आधी रह जायेगी, उसे बीमारी, महामारी और प्राकृतिक आपदायें लील लेंगी। मनुष्य मिट जायेगा, मगर मिटने की जिद नहीं छोड़ेगा... ऐसे हालात में, अब एक ही उपाय है इस दुनिया को बचाने का!

''वो क्या देवर्षि...?''

''सुनहरे पेड़ों का जंगल।'' देवर्षि ने कहा तो अमन और शांति चौंक पड़े। अमन से आश्चर्य से कहा-''अद्भुत! पहली बार सुन रहा हूँ ऐसे पेड़ और ऐसे जंगल का नाम...कहाँ है यह जंगल?''

''शांति ने भी उत्सुकता से पूछा- यह पेड़ किस तरह पृथ्वी की रक्षा कर सकेगा?''

''इस पेड़ में वो तमाम गुण मौजूद हैं, जो पृथ्वी के वायुमंडल को शक्ति प्रदान करें। इन पेड़ों के जंगल धरती पर आबाद हो जायें तो पृथ्वी करोड़ों-अरबों साल तक के लिए सुरक्षित हो जायेगी। इस पेड़ में खतरनाक रेडियेशन को निष्क्रिय करने की गजब की क्षमता होती है; ऐसा एक भी पेड़ पृथ्वी पर हो तो मनुष्य कितने भी परमाणु बम फोड़ लें, उनका बम पटाखे से ज्यादा असर नहीं करेगा और इन पेड़ों की पत्तियों के सेवन से मनुष्य की आयु हजारों साल की हो सकती है।''

अमन और शांति की तो जैसे लॉटरी लग गई हो। तपाक से पूछ

लिया- "कहाँ है यह पेड़?" देवर्षि ने तुरंत कुछ नहीं कहा। एकदम मौन साध लिया। अमन और शांति के दूसरी-तीसरी बार पूछने पर उन्होंने कहा- "बहुत दूर...पृथ्वी से अरबों मील दूर।"

'क्या...?' अमन और शांति बुरी तरह शॉक्ड हो गये। उनकी उम्मीदों ने पलक झपकते ही दम तोड़ दिया। देवर्षि ने कहा-"इरादे मजबूत हों तो कोई काम मुश्किल नहीं है और कोई भी दूरी, दूर नहीं है; चाहो तो तुम वह पेड़ ला सकते हो।"

इस बार अमन और शांति ने कुछ नहीं कहा। देवर्षि खुद कहने लगे- "इस अनंत ब्रह्मांड में, जहाँ तक इस दुनिया की नजर पहुँची है और अगले सौ सालों में पहुँचेगी...उससे भी अरबों मील दूर एक विशाल-सी आकाशगंगा है, उसमें कई सौर मंडल हैं। उन्हीं सौरमंडल में एक सौरमंडल ऐसा है, जहाँ की परिस्थितियाँ बिल्कुल हमारे सौरमंडल की तरह हैं। वहाँ पृथ्वी जैसे कई ग्रह हैं। उन ग्रहों में एक ग्रह ऐसा है, जो अपने मातृ तारे की प्रकाश की बजाय, दिव्य प्रकाश से रौशन है। वहाँ के पेड़-पौधे, हवायें, झरने, सागर, महासागर-सब असीम शान्ति प्रदान करने वाला संगीत छेड़ते हैं। उसी ग्रह पर सुनहरे पेड़ों का जंगल है...। जब मेरे गुरुजी ने मुझे उस पेड़ के बारे में बताया तो मेरे पास कोई सिद्धि नहीं थी और जब सिद्धि प्राप्त हुई तो शरीर नहीं रहा। सूक्ष्म शरीर की कुछ सीमायें होती है, वह भौतिक शरीर वाले मनुष्य की मदद के बिना कुछ नहीं कर सकता; मैं तो बड़ी उम्मीद लेकर तुम्हारे पास आया था, मगर..."देवर्षि पूरी तरह निराश दिखने लगे। शांति बोल पड़ी-"अगर आपको यकीन है कि हम यह काम कर सकेंगे तो उपाय बताइये, हम अभी भी आपके लिए समर्पित हैं।"

देवर्षि ने कहा-"वहाँ तक सिर्फ तुम्हारे सपनों के विमान से पहुँचा जा सकता है, वरना, दुनिया जिस तरह के अंतरिक्ष यान और रॉकेट बना रही है, उससे तो वहाँ तक पहुँचने में लाखों साल लग जायेंगे। मन की गति से उड़ने वाला तुम्हारा विमान यह काम कुछ ही वर्षों में कर सकता है... शर्त उस आकाशगंगा में उस पेड़ और उस जंगल को खोजने की है, इसमें जितना समय लगे; मगर वहाँ आने-जाने में पाँच-दस वर्ष से ज्यादा नहीं लगेंगे।"

“अगर ऐसा है तो हमें जल्द-से-जल्द वह विमान बना लेना चाहिए, अब तो हमें बहुत सारी गाइडलाइन भी मिल गई है।”

“सिर्फ विमान बना लेने से कुछ नहीं होगा; वैसा मनुष्य भी तैयार करना होगा, जो इस यात्रा पर जायेंगे। मैंने तो कई वर्ष पहले ही इस गुफा में मौजूद जानकारियों और संसाधनों पर प्रयोग शुरू कर दिया है। इस गुफा में अपने ज्ञान रूपी धरोहर का संग्रह करने वाले महान् आत्माओं का उद्देश्य चाहे जो भी हो, मगर उनका यह संग्रहालय हमारे मकसद में काफी मददगार साबित होगा; फर्क यही है कि उनकी तैयारी इंसानियत और इंसानों की दिव्य-शक्तियों को बचाने की थी; हमारा मकसद और भी बड़ा हो गया है... हम इन शक्तियों का सहारा लेकर पृथ्वी को भी बचा सकते हैं।”

“वाकई...” शांति ने कहा-“हमें अपनी हिम्मत छोटी नहीं करनी चाहिए; अब तक तो हम अपने जीवन में असफल ही हुए हैं... अगर हम इस मकसद को पूरी कर लेते हैं, तो जान शांति से छूटेगी कि हमने इस संसार के लिए कुछ तो अच्छा किया। ठीक है देवर्षि जी...हम तैयार हैं इस मकसद में अपने तन-मन-धन का अर्पण करने को, मगर वह मनुष्य...!”

“जाहिर है, मनुष्य तो माँ के कोख से ही पैदा होंगे। उनका विकास भी प्राकृतिक नियमों के अनुरूप ही होगा, लेकिन हम गुरु बनकर उन्हें उन प्राचीन कलाओं और शक्तियों से परिपूर्ण कर सकते हैं, जो उन्हें इस चुनौती को जीतने के काबिल बना सके। प्राचीन विद्याओं में वो शक्ति है, जिसके बल पर मनुष्य परग्रही परिस्थितियों में जी और लड़ सकता है; वह विभिन्न ताप, दाब के अनुकूल अपने शरीर को ढाल सकता है, वह शून्य से सौ डिग्री नीचे या हजार डिग्री ऊपर के तापमान के अनुकूल अपने शरीर को ढाल सकता है, वह वर्षों, अन्न-जल के बिना जी सकता है, वह अदृश्य होकर एक पल में सैकड़ों कोस का सफर तय कर सकता है, एक साथ कई जगह पर अपनी उपस्थिति दर्ज कर सकता है...प्राचीन विद्याएँ मानव को महामानव बना सकती हैं।”

“मगर प्राचीन विद्याओं को हासिल करने में तो बहुत वक्त लग सकता है।”

"बहुत कम समय में भी हासिल किया जा सकता है, लेकिन इसकी एक शर्त है।"

"कैसी शर्त...।"

"तन और मन निर्विकार हो और योग्य गुरु का साथ हो; अगर हम सात्विक नियमों का पालन करते हुए किसी बच्चे को जन्म दें...सम्पूर्ण आध्यात्मिक माहौल में उसका लालन-पालन करें...उसे इस दुनिया की संक्रामक सोच से बचाकर रखें...होश सँभालते ही उसकी शिक्षा शुरू कर दी जाये, तो शायद कम उम्र में ही वह प्राचीन विद्‌याओं को हासिल कर सकता है और उस योग्य बन सकता है, जो सुदूर अंतरिक्ष में संघर्ष कर सके और सुनहरे पेड़ों के जंगल को ढूँढ़ सके... चुनौती तो बड़ी जरूर है, मगर..."

"हम हर चुनौती का सामना करेंगे...मगर देवर्षि जी, क्या इस दुनिया में ऐसी कोई जगह है, जहाँ इतने सारे एहतियात बरते जा सकें... जहाँ की हवा भी स्वच्छ हो और मौजूदा हालात के संक्रमण से बचा हुआ हो?"

देवर्षि ने सिर हिलाकर स्वीकृति दी और कहा- "वायुमंडल का सम्पूर्ण निर्माण हम न कर सकें...वातावरण का निर्माण तो कर सकते हैं।"

"अब हमारे लिए अगला आदेश क्या है देवर्षि जी?" अमन ने पूछा- "हम आपके हर आदेश को मानने के लिए तैयार हैं।"

देवर्षि के चेहरे पर एक रहस्यमयी मुस्कान खिल गई। फिर उन्होंने कहा-"तंत्र और मंत्र से लैस मनुष्य का निर्माण मैं कर सकता हूँ, लेकिन अगर इसमें यंत्र भी जुड़ जाये...यानी हम तंत्र-मंत्र और यंत्र से लैस मनुष्य बना सकें, तो सोने में सुगंध हो जायेगा। हमारा वह मानव, जिसकी कोई जाति-धर्म या राष्ट्रीयता न हो, जो सिर्फ मानव धर्म को जानता हो, कहीं एक नई सभ्यता को भी जन्म दे सकता है... क्या तुम्हारे वो चारों शिष्य इस मिशन में हमारा साथ देंगे? वे मुझे बहुत पसंद हैं।"

अमन गहरी सोच में पड़ गया। शांति बोली-"शायद... हम कोशिश करेंगे।"

* * *

चारों इस तरह सम्मोहित होकर प्रोफेसर अमन और शांति की बातें सुनते रहे, जैसे परलोक की कथा सुन रहे हों। किसी और के मुँह से ये सब बातें सुनते तो कभी यकीन नहीं करते-सैकड़ों-हजारों कसमें लेने के बाद भी नहीं; मगर जो यह वाकया सुना रहे थे-उनकी बातों को सपने में भी संदेह की नजर से नहीं देखा जा सकता था। सारा वाकया सुनाते हुए प्रोफेसर अमन ने कहा-"देवर्षि जी तुम्हें पसंद करते हैं...तुम पर यकीन करते हैं-यह जानकर हमारा सीना गर्व से चौड़ा हो गया, मगर, चूँकि तुम्हारी जिन्दगी तुम्हारी अपनी है, अपनी जिन्दगी से जुड़े हर निर्णय तुम्हें खुद लेने चाहिए, इसीलिए मैंने उन्हें हाँ या न नहीं कहा।"

"आपको बगैर सोचे-समझे हाँ कर देना चाहिए" रोहन ने कहा-"आप लोगों के कारण जिन्दगी हमें इतने अच्छे-अच्छे अवसर दे रही है, हम मना क्यों करें; हमारे लिए तो यह गर्व की बात है कि मानव-धर्म की पुनर्स्थापना में हमें भी अपनी भागीदारी निभाने का मौका मिल रहा है; हाँ, सोनी की क्या राय है, यह तो यही बतायेगी।"

सोनी मुँह छिपाकर एक रोमांटिक गाना गुनगुनाने लगी, जिसका अर्थ था कि वह जन्नत में हो या जहन्नुम में-रोहन के साथ है। शांति ने मुस्कराकर उसे थपकी दी और मजाकिया अंदाज में डाँटा-"बड़े-बुजुर्गों का तो लिहाज किया कर बेशरम।"

सेजल बिना पूछे बोल पड़ी-"मेरे से मत पूछना...आप लोगों के सिवा मेरा है ही कौन।"

"लेकिन सर, हमारे इस प्रोजेक्ट का क्या होगा?"

"इसे भी पूरा करना है; यह प्रोजेक्ट भी उस मिशन का अहम हिस्सा है... मगर अभी हमें सोचना होगा कि हम किस तरह दोनों काम कर सकेंगे।"

"हमें कहाँ चलना है सर?"

"यह तो मुझे भी नहीं मालूम; हम लोग यहाँ से देवर्षि जी के आश्रम

जायेंगे, वहाँ से वो जहाँ ले जायें।''

शांति ने उन्हें खबरदार करते हुए एक बार फिर पूछ लिया-''बच्चों, एक बार फिर से सोच लो...पहाड़ों में जाने से पहले तुम्हें इस दुनिया की मौज-मस्ती, रोग-शोक, इच्छा-लालसा त्यागनी होगी... सत्रह माह तक अपनी सभी इन्द्रियों को काबू में करते हुए वैरागियों का जीवन जीना होगा, जप-तप, योग-ध्यान में मन लगाना होगा, यह तुम्हारी पहली परीक्षा होगी, इसमें पास कर गये तो वहीं वैदिक रीति से तुम्हारा विवाह होगा। तुम्हें मानव जीवन के सोलह संस्कारों का अनुसरण करते हुए मानव-धर्म की पुनर्स्थापना के लिए अपने संतान दान करने होंगे...बहुत कठिन काम है...कहीं तुम्हारे इरादे डगमगा तो नहीं जायेंगे? चारों थोड़ी देर गुमसुम सोचते रहे। शांति ने उनकी अंतर्रात्मा को झकझोर दिया था। फिर सोनी बोली-''मैं नहीं कह सकती...मगर जब मेरे पैर डगमगाने लगें तो आप लोग मुझे सँभाल लेना।''

सोनी अत्यंत भावुक होकर शांति के अंक लग गई। रोहन, जैकब और सेजल भी काफी भावुक हो गये थे। अमन ने कहा-''देवर्षि जी ने अपनी योजना में अनुवांशिकता के सिद्धांत को भी महत्व दिया है, शायद...तंत्र-मंत्र और यंत्र से लैस मनुष्य... भगवान इस योजना को सफल करे-हमें शक्ति दे...शक्ति में विश्वास और विश्वास में दृढ़ता दे।

* * *

काफी जद्दोजहद के बाद अमन, शांति, रोहन, सोनी, जैकब और सेजल उस चोटी पर पहुँचे, जो चारों तरफ से गहरी और जानलेवा खाइयों से घिरी थी। चोटी बहुत ऊँची नहीं थी, मगर उसे घेरने वाली खाइयाँ बड़ी गहरी थीं। जान जोखिम में डालकर आये थे वे लोग। कई बार साक्षात यमराज उन्हें हाय-हैलो करके गया था। एक तो दुर्गम रास्ता, दूसरा दो दिनों का कठिन सफर...जले पर नमक छिड़कने जैसी बात-कि उनकी अगवानी, देवर्षि जी मुस्कराते हुए कर रहे थे। उनके चेहरे पर इन लोगों के प्रति सहानुभूति के भाव बिल्कुल न थे-लेशमात्र भी नहीं।

देवर्षि ने उनकी अगवानी करते हुए कहा- ''हर अच्छा काम पहले असंभव होता है; मैं तंत्र विद्या का सहारा लेकर तुम लोगों की यह मुश्किल

आसान कर सकता था, मगर जानबूझ कर ऐसा नहीं किया; अब मुझे पूरी तरह यकीन हो गया है कि हमारे मकसद में हमारे साथ चलने वाले हर व्यक्ति के इरादों में दम है, मुझे खुशी हुई।''

वे सभी उस चोटी के जर्रे-जर्रे को गौर से देख रहे थे। एक झरना उस चोटी को छूते हुए नीचे घाटी में गिर रहा था। एक सुन्दर-सी झील, उसमें रंग-बिरंगे पक्षी तैर रहे थे-कुछ ऐसे पक्षी, जिन्हें उन लोगों ने कभी नहीं देखे थे। वहाँ बहुत कुछ ऐसा नजर आ रहा था, जो उन लोगों के लिए दुर्लभ था। पेड़-पौधे, पशु-पक्षी, कीट-पतंगे-एक छोटे से क्षेत्रफल में यह जगह बड़ा मनोरम था और वहाँ कुछ झोपड़ियाँ भी थी।

झोपड़ियों को देखते ही चौंक पड़े वे लोग- ''यहाँ कोई बस्ती भी है?''

''हाँ...'' देवर्षि ने कहा- और बस्ती की तरफ किसी और ही भाषा में चिल्लाये। शायद सब-कुछ पूर्व नियोजित था। लगभग पचास-साठ की संख्या में बच्चे-बूढ़े, जवान मर्द और औरतें, मालाएँ लेकर उनका स्वागत करने आ गये। अमन, शांति व अन्य उन चारों की आँखें आश्चर्य से फैली सी रह गईं। इतने असामान्य कद-काठी के लोगों को उन लोगों में से किसी ने इससे पहले कभी नहीं देखा था-हिममानवों की तरह दस फुट लम्बे, गोरे-चिट्टे, हट्टे-कट्टे मनुष्य और स्त्रियाँ भी आठ फुट से कम नहीं। अमन और शांति ने आश्चर्य से दबी-दबी जुबान में कहा-''प्राचीन मानव...!''

''शायद हिम मानव।''

देवर्षि ने उनकी बातें सुन ली, मगर कोई जवाब नहीं दिया, बस, मुस्कराकर रह गये। वहाँ के ऊँची कद-काठी के मानवों ने इन सबको मालाएँ पहनायीं और अपनी भाषा में कुछ कहने लगे। देवर्षि ने कहा-''ये कह रहे हैं, आप लोग चलकर झोपड़ी में आराम करें...हम आपके खाने-पीने का बंदोबस्त करते हैं... चलिए...।''

देवर्षि खुद उन लोगों के साथ चल पड़े।

* * *

घंटे-दो-घंटे का वक्त बहुत ही अच्छा गुजरा उन लोगों का। हिमालय

के प्राकृतिक सौंदर्य से भरपूर उस चोटी पर सुकून ही सुकून था, मगर फिर भी इन आगन्तुकों के मन में बेचैनी थी। कुछ सवाल थे उनके मन में, मगर अन्तर्यामी देवर्षि जी ने उन्हें ज्यादा देर घुटने का मौका नहीं दिया। उन्होंने खुद बताया... हिमालय का शायद यही एक ऐसा क्षेत्र है, जहाँ किसी का आना-जाना नहीं है। पचास साल पहले आठ लोगों का एक कुनबा इस चोटी पर आया और यहीं बस गया। अपनी जरूरत की तमाम चीजें इसी चोटी में ही बनाने-उपजाने लगे। इनकी जिन्दगी इस चोटी में इस तरह रच-बस गई है कि ये अब यहाँ से बाहर जाने की सोचते भी नहीं। बड़ी हँसी-खुशी से जी रहे हैं ये लोग।

"वैसे...बाहर जाने-आने के लिए भी बहुत बड़ा जिगर चाहिए...।" रोहन बीच में टपक पड़ा-"इतने कठिन और खतरनाक रास्तों पर चलते हुए, कब कौन परलोक की यात्रा पर निकल पड़े, कोई भरोसा नहीं; सरकार यहाँ रास्ता क्यों नहीं बनाती?"

जैकब ठठाकर हँस पड़ा। वह बोला-सरकार जिस बजट में इस चोटी पर आने के लिए रास्ता बनायेगी, उससे कम पैसों में दस शहर बस जायेंगे... बताओ, सरकार क्या करे?"

"शायद सरकार की नजर में इस चोटी की ज्यादा उपयोगिता नहीं है।"

'शायद।' शांति ने उन लोगों को चुप कराया, फिर देवर्षि से आगे बोलने की जिद की। देवर्षि ने कहा-"ये बड़े भोले-भाले लोग हैं; बहुत साफ-सुथरी सोच वाले, इसीलिए ये हमारे काम के हैं... हम इन्हें जिस रंग में ढालना चाहें, ये ढल जायेंगे।"

"देवर्षि जी!" अमन ने टोका-"इनकी कद-काठी और इनके हट्ठे-कट्ठे डीलडौल का राज क्या है? देवर्षि ने कहा-"गुफा में जिन वनस्पतियों के बीज तुमने देखे, वो बीज यहाँ पच्चीस साल पहले बोये जा चुके हैं, अब खूब फल-फूल रहे हैं; उनका सेवन करने से तुम्हारी सेहत अच्छी होगी, तुम्हारे बाल-बच्चों की कद-काठी भी तुम लोगों से बेहतर होगी।"

वे सभी हैरत से कभी उन लोगों की कद काठी, तो कभी वहाँ के पेड़-

पौधों को देखने लगे। सचमुच वे सभी दुर्लभ थे। देवर्षि ने कहा-"मैं अपने मकसद को पूरा करने के लिए उपयुक्त जगह की तलाश में पच्चीस साल पहले यहाँ आया था; मुझे यह जगह अच्छी लगी...ये लोग भी अच्छे लगे, इसीलिए इसी जगह को चुन लिया। शायद अगले सौ वर्षों तक यहाँ न कोई रास्ता बनेगा, न कोई यहाँ आयेगा। अब फ़र्ज करो कि, तुम लोग यहाँ किसी के बुलाने पर नहीं आये, बल्कि यहाँ फँस गये हो और तुम्हें यहीं जीना है, घर भी बनाना है, कपड़े भी बनाने हैं, प्रयोगशाला बनाना है या बिजली पैदा करनी है... दिमाग लगाओ और अपनी जरूरत के साधन जुटा लो; तुम चाहो तो सारी दुनिया की अच्छाइयाँ यहाँ ला सकते हो, मगर अंजाने में भी बुराइयों को मत लाना...न बुरा सोचना। यहाँ सब-कुछ सकारात्मक होना चाहिए...यही तुम लोगों का संसार है, जहाँ मानव-धर्म को मानने वाले मानव रहेंगे और कोई नहीं...।"

तभी वहाँ के बच्चे जोर-जारे से चिल्लाने लगे। उन लोगों ने देखा, वे लोग दूर मँडरा रहे घने बादलों को बुला रहे थे। उन लोगों की हँसी छूट गई। लेकिन जब उन्हें अहसास हुआ कि सचमुच बादल उनकी तरफ आ रहे हैं, तो सबकी हँसी वापस उनके हलक में समा गयी। उत्सुक होकर सभी इस आश्चर्यजनक खेल को देखने लगे। बादल उन लोगों के पास तो आ गये, लेकिन सतह की बजाय कुछ ऊँचाई पर तैर रहे थे। एक नौजवान ने आश्चर्यजनक रूप से ऊँची छलाँग लगाई और बादल को जमीन पर खींच लिया।

अमन-शांति ही नहीं, उनके चारों शिष्य भी इस हैरतअंगेज कारनामे को देखकर दंग रह गये। देवर्षि खिलखिलाकर हँस पड़े थे। उन्होंने कहा-"जब स्वस्थ शरीर में निरंकार आत्मा का वास हो, तो दिव्यशक्ति को जागृत होते देर नहीं लगती और जब दिव्यशक्ति जागृत हो तो प्राचीन विद्याएँ भी अपने आप चलकर आने लगती हैं। यह मेरे टुकड़े-टुकड़े होमवर्क का नतीजा है।" उन लोगों का मुँह आश्चर्य से खुला रह गया। पलक झपकते ही मानो सारी थकान दूर हो गई और नस-नस में नई ऊर्जा का संचार होने लगा।

रोहन ने पूछा-"हमें अपना काम कब शुरू करना है?"

"जब चाहे, तब शुरू हो जाओ; अब यह छोटी-सी दुनिया तुम्हारी ही है, तुम लोग इस छोटी-सी दुनिया को जिस मुकाम पर ले जाना चाहो, यह तुम्हें तय करना है...और हाँ...।" देवर्षि, शांति और अमन की ओर मुखातिब हुए-"एक बहुत ही महत्वपूर्ण निर्णय तुम्हें लेना है; मैं सिर्फ प्रस्ताव रखूँगा...बाध्य नहीं करूँगा...फैसला तुम्हें करना है शांति और अमन।"

'जी।' शांति और अमन हड़बड़ा गये। देवर्षि ने कहा-"जिस दुनिया को छोड़कर तुम यहाँ नई दुनिया का सृजन करने आयी हो, उस दुनिया के लिए अब तुम्हारे मन में कोई मोह-माया तो नहीं है?"

शांति और अमन ठिठक गये। थोड़ी देर दोनों चुप रहे, फिर शांति ने कहा-"सच कहूँ, तो मोह अब भी है; तभी तो उनकी भलाई के मकसद से यहाँ आई हूँ।"

"बहुत अच्छा..." देवर्षि ने कहा-"मोह रखना पाप नहीं है; दयालु हृदय सदा दूसरों को दुःखी देखकर द्रवित होता है; लेकिन जिस दुनिया ने तुम्हारे संदेश को सिरे से नकार दिया...तुम्हारी भावनाओं की कद्र नहीं की...उन बेकदरों के लिए अपनी बेजा प्रतिज्ञा को ढोना सरासर मूर्खता है; परमात्मा की इच्छा है कि तुम यह कसम तोड़ दो।"

इस अप्रत्याशित प्रस्ताव को सुनकर अमन और शांति को जोर का झटका...मगर धीरे से लगा। रोहन, सोनी, जैकब और सेजल, शांति और अमन के चेहरे पर नजरें गड़ाकर किसी उत्तर की आशा कर रहे थे, मगर शांति और अमन के जेहन में तो जैसे विचारों की आँधियाँ चलने लगी थीं।

उन दोनों से तत्काल कोई जवाब देते न बना।

* * *

शांति और अमन ने देवर्षि की बातों को बार-बार सोचा...हजार बार सोचा। कभी उन दोनों में सहमति बनी, फिर बिगड़ गई; फिर बनी, फिर बिगड़ी और अंततः उन दोनों ने देवर्षि जी के प्रस्ताव को सम्मान देना ही ज्यादा उचित माना।

उम्र के उस पड़ाव पर, गला घोंटकर मार दी गईं इच्छाएँ, अनुभूतियाँ-

एहसास एक बार फिर जिन्दा हो गए। सोनी और सेजल ने तो बाक़ायदा सुहाग की सेज सजा दी। उन खूबसूरत वादियों में बिताई गई उस रात की खूबसूरत यादें...वो खूबसूरत अहसास शांति को हमेशा गुदगुदाते रहे।

सुहाग की सेज पर अमन का पहला स्पर्श...ओह! पूरे बदन को झकझोर कर रख दिया था।

"आज भी उन एहसासों ने ऐसा झकझोरा उसे कि...अतीत की यादें तिनकों में बिखर गयीं। उसके खयाल तो बिखरे, मगर अभी तक उसके गाल शर्म से सुर्ख थे... सारा दुःख...सारा अफसोस कहीं पीछे छूट गया और वह खुद को तरोताजा महसूस करने लगी। तभी उसे फिर गोलियों की गड़गड़ाहट, बम के धमाकों और हवा में सने हुए बारूद की गंध की याद आई...अभी सब शान्त-शान्त-सा था, न कोई धमाके, न कोई बदबू।"

दरवाजा खटखटाकर एक बच्ची उसे पुकारने लगी-दादी माँ! दादी माँ! शांति ने आवाज से ही पहचान लिया। वह प्रेरणा थी। रोहन और सोनी की पोती। अब दस वर्ष की हो गई थी वह। बेहद चंचल-हमेशा शांति से ही चिपकी रहती।

शांति ने दरवाजा खोल दिया। प्रेरणा ने उसकी उँगली पकड़कर खींचते हुए कहा-"यज्ञगृह में चलो न दादी माँ...तुम्हारे बिना अच्छा नहीं लग रहा है।"

शांति बाहर निकल आई और एक बार फिर माहौल का जायजा लेने लगी। सब कुछ सामान्य था। उसने अपने आप से कहा-"शायद उनका क्रोध शांत हो गया... अच्छा हुआ, कि युद्ध खत्म हो गया।"

प्रेरणा के कदम ठिठक गये। उसने बड़ी मासूमियत से पूछा-"युद्ध क्या होता है दादी माँ?" शांति ने अपने आप को सँभाला। सोचने लगी कि उसे क्या जवाब दे। तब तक प्रेरणा ही बोल पड़ी-"दादी माँ, जब मैं आपके पास आने के लिए यज्ञगृह से निकली थी, जोर-जोर के धमाके हो रहे थे, हवा में बदबू भी फैली हुई थी। मैंने सोचा-ये सब कहीं यज्ञ में विघ्न-बाधा न डाल दे, इसीलिए मैंने हवाओं को अभिमंत्रित कर दिया।"

'क्या...?' शांति आश्चर्य से बोली। वह प्रेरणा को ऐसे देख रही थी, जैसे उसकी कही गई बातों पर उसे यकीन ही न हो। दरअसल प्रेरणा बेहद चंचल स्वभाव की थी। हमेशा कोई-न-कोई शरारत करती रहती थी। जप-तप और योग-साधना के नाम से भी भागती थी। उसे उसके माँ-बाप नकारा कहकर बुलाते थे। प्रेरणा फिर बोल पड़ी-"मैंने कुछ गलत कर दिया दादी माँ?"

"नहीं री...कैसे अभिमंत्रित कर दिया, जरा बताना।"

प्रेरणा, मंत्र और विधि बताती हुई बोली-"अब दस कोस उत्तर-दक्षिण-पूरब- पश्चिम न किसी धमाके की आवाज होगी, न बदबू महसूस होगी।"

'वाह!' शांति ने उसका पीठ थपथपायी। प्यार से उसके सिर पर हाथ फेरे, फिर कहा-"तुम यज्ञगृह जाओ, मैं थोड़ी देर में आऊँगी...जरूर आऊँगी।"

प्रेरणा ने दो-तीन बार वायदा करवाने के बाद ही उसका पीछा छोड़ा। वह चली गई। अब शांति बिल्कुल अकेली थी। वह घूम-घूम कर पिछले पचपन सालों में देवर्षि और अपने सहयोगियों के साथ बनायी हुई अपनी दुनिया को निहारने लगी। इन पचपन सालों में उस चोटी और घाटी की शमा ही बदल गई थी। मानो जन्नत उतर आया हो वहाँ। सिर्फ देवर्षि जी ही नहीं, बल्कि खुद अमन और शांति ने, रोहन, सोनी, जैकब और सेजल आदि ने एक-एक पल उस लोकेशन को सजाने और अपने मकसद को पूरा करने में लगा दिया था। तरह-तरह के प्रयोग किये। झरने से भी बिजली बनाई और सौर ऊर्जा का भी उपयोग किया...विज्ञान को फलने-फूलने के सारे साधन-संसाधन यहीं जुटा लिए। सबसे पहले जैकब ने एक उड़न-तश्तरी बनाई, जिसके सहारे घाटियों, पहाड़ों को पार करते हुए शहर तक का सफर किया जा सकता था। इस तरह घाटी से बाहर अपने जाने-आने का साधन बना लिया, मगर कभी घाटियों में सड़क मार्ग की नहीं सोची। सब की यही राय थी कि बाहर की दुनिया से इस लोकेशन तक कोई न ही आ पाये, यही अच्छा है।

एक-दो साल तक रोहन, सोनी, जैकब और सेजल ने उड़नतश्तरी का उपयोग किया...आनंद भी लिया, फिर खुद-ब-खुद सबने बाहर आना-जाना बंद कर दिया। तब तक यहाँ एक बड़ा-सा लैब भी स्थापित हो चुका था और सबका मन यहीं रम गया था। अब तो अरसा गुजर गया-उड़नतश्तरी ने पहाड़ों की सीमा को पार ही नहीं किया। बच्चों ने भी कभी हिमालय से बाहर निकलने की नहीं सोची। तीसरी पीढ़ी तो शायद अपने इसी संसार को सारा संसार मानने लगी थी। फुर्सत का वक्त भी किसे है? बच्चे भी योग-तप, विद्याध्ययन के बाद का वक्त, तरह-तरह के प्रयोग में गुजार देते हैं।

वक्त बहुत तेजी से गुजरा। पचपन साल कैसे बीत गये, पता ही नहीं चला। इन पचपन सालों में तरह-तरह के प्रयोग, तरह-तरह के चमत्कार देखे उसने। इस घाटी में पैदा होने वाले बच्चों के रूप-रंग बदल गये...कद-काठी बदल गई। बच्चे-बच्चियाँ लम्बे-तगड़े, स्वस्थ-सुन्दर और तरह-तरह की कलाओं में माहिर। सचमुच वे तंत्र-मंत्र और यंत्र से लैस हो चुके थे। प्राचीन विद्याओं और विज्ञान का साथ-साथ विकास हुआ था वहाँ। दूसरों के मन की बात जान लेने में माहिर थे बच्चे; वे पशु-पक्षियों से भी बातें करते थे। बर्फ ओढ़कर सोना और जलती आग से खेलना तो उनके लिए दाँये-बायें हाथ का खेल था। भूख-प्यास पर भी विजय पा लिया था उन्होंने। महीनों, बिना अन्न-जल ग्रहण किये भी स्वस्थ रहते। हवा में उड़ना, अदृश्य होकर बड़े-बुजुर्गों से लुका छिपि खेलने की उनकी आदत शांति को बहुत भाती थी। वनस्पति से रोगों के उपचार में भी बच्चे माहिर थे। उम्र का प्रभाव यहाँ बेअसर हो रहा था। रोहन, सोनी, जैकब और सेजल की उम्र सत्तर को पार गयी थी, मगर वो चालीस-पैंतालीस से ज्यादा नहीं दिखते थे। खुद शांति अपने-आप को देखकर वहम में पड़ जाती कि कहीं उसकी उम्र ठहर तो नहीं गई।

शांति ने भी तरह-तरह की विद्याएँ सीख ली थी, मगर उसे अब तक उस डरावने सपने से छुटकारा नहीं मिल पाया था। इस मामले में खुद देवर्षि जी ने भी अपने हाथ खड़े कर दिये थे। अमन और शांति की एक ही संतान थी-सुदर्शन नाम था उसका।

शादी नहीं की सुदर्शन ने। होश सँभालने के साथ योग-साधना में ऐसा लीन हुआ, कि किशोरावस्था आते-आते उसने समाधि ले ली। युवावस्था, तपस्या में गुजर गयी, मगर उसने वो सारी सिद्धियाँ हासिल कर ली, जो देवर्षि जी के पास थीं। हिमालय में योग-साधना करने वाले ऋषि-मुनियों और दिव्य आत्माओं को नाज था, सुदर्शन पर। उसने अपने जीवन को अपने माँ-बाप की मनोकामनाओं को पूरा करने में समर्पित कर दिया था।

दो साल पहले अमन की मृत्यु हो गई थी। चलते-फिरते, हँसते-बोलते प्राण त्याग दिये थे उसने। तब से शांति को अपने जीवन में एक बहुत बड़ा अभाव महसूस हो रहा है। हालाँकि सुदर्शन का मुँह देखकर वह खुद को दिलासा दे देती है। सुदर्शन, प्राचीन विद्याओं के साथ-साथ आधुनिक विज्ञान में भी दक्ष है। अमन के सपनों का विमान बनाने में उसका भी बहुत बड़ा योगदान है। उन लोगों ने बिल्कुल आधुनिक तौर-तरीके का विमान बनाने में कामयाबी हासिल कर ली, जिसमें पुष्पक विमान जैसे सभी गुणों के साथ-साथ ऐसी सुख-सुविधाओं की चीज जोड़ी गई है, ताकि किसी का पूरा संसार उसके अंदर समाया हुआ हो; लोग ताउम्र इस विमान के अन्दर अपना जीवन गुजार दें।

आठ वर्ष पहले बनकर तैयार हुआ था यह विशालकाय विमान...मगर अभी तक इसने उड़ान नहीं भरी है। इसकी विशेष सिद्धि के लिए ही आठ वर्षों से यह महायज्ञ चल रहा है। उम्मीद की जा रही है कि आजकल में यह यज्ञ संपन्न हो जायेगा।

शांति अब तक यज्ञगृह तक पहुँच चुकी थी। मंत्रोच्चारण की स्वर-लहरी तेज हो रही थी। उसने यज्ञगृह में प्रवेश किया।

* * *

रात्रि का तीसरा पहर बीतने ही वाला था...कि वो घड़ी आ गई, जिसका वर्षों से इंतजार था। सुदर्शन ने मंत्रोच्चारण में अपनी पूरी ताकत झोंक दी थी; उसकी आँखें लाल-लाल-सी दिखने लगी थीं। कई ऋषि-मुनि व दिव्य आत्माएँ यह आभास पाकर वहाँ आ गये थे कि, आज कुछ दुर्लभ

होने वाला है।

फिर...एक दिव्य-ज्योति, यज्ञ के हवन से निकली और पूरी घाटी सुनहरे प्रकाश से रौशन हो गयी। सबकी घिग्घी बँध गई। खुशी से सबका रोम-रोम पुलकित हो रहा था। दिव्य-ज्योति, यज्ञशाला से निकलकर परिक्रमा करते हुए विशालकाय विमान में समाहित हो गयी। घाटी में जय-जयकार गूँजने लगा।

देवर्षि की आज्ञा से पहली उड़ान के लिए सुदर्शन, विमान में प्रविष्ट हुआ। देवर्षि ने शांति, रोहन, सोनी, जैकब और सेजल को भी पहली उड़ान में शामिल होने को कहा-शेष सभी को रोक लिया उन्होंने।

विमान ने ढेर सारा प्रकाश छोड़ा और उड़ चला। ज्यों-ज्यों वह ऊँचाइयों की ओर बढ़ रहा था, उसका आकार भी बड़ा होता जा रहा था। शांति की खुशी का ठिकाना नहीं था, मगर उसे पता नहीं था कि यह खुशी ज्यादा देर की नहीं है।

अभी सुदर्शन ने गति के परीक्षण की सोची ही थी, कि तभी किसी ताकतवर मिसाइल का हमला उस विमान पर हुआ। प्राचीन और आधुनिक राडारों से लैस उस विमान ने इस खतरे को भाँपा और उसकी स्वचालित तकनीक ने मिसाइल को वापस उसके प्रक्षेपण की दिशा में मोड़ दिया। इसके बाद अचानक एक साथ कई हमले हो गये। विमान ने कलाबाजियाँ खाईं। शांति घबरा गई। उसने विमान को फौरन जमीन पर उतारने को कहा। सुदर्शन ने अपनी शक्ति से आसमान को कृत्रिम बादलों से भर दिया और उसमें छिपते-छिपाते विमान को जमीन पर उतार लिया।

* * *

संसार में हाय-तोबा मची थी। चीन के कई शहर तबाह हो गये थे। रूस-अमेरिका-पाकिस्तान और भारत के भी माथे बल पड़ गये थे। किसी की समझ में नहीं आ रहा था कि यह क्या हुआ...कैसे हुआ?

वह कौन-सा यु.एफ.ओ. था- जिसने, जिसका वार, उसी के सिर फोड़ दिया। ऐसी कौन-सी तकनीक इस दुनिया की नजर बचाकर किसी ने

डेवलप कर ली...या फिर, यह एलियंस की करतूत तो नहीं।

संसार का सारा तंत्र इस सच्चाई को खँगालने में लगा हुआ था। चीन बुरी तरह बौखलाया हुआ था। वह ईंट का जवाब पत्थर से देने के लिए उतावला हो रहा था। ड्रेगन फोर्स गुस्से में थी। वो जो कल होगा-उसे आज ही कर डालने के लिए बुरी तरह मचल रहे थे। मीडिया को तो हॉटकेक मिल गया था, भुनाने को। न्यूज चैनल्स की तो चाँदी हो गई थी। वे तो टी.आर.पी को समेट नहीं पा रहे थे। विशेषज्ञों की दलीलें चल रही थीं। तरह-तरह के कयास लगाये जा रहे थे।

* * *

शांति ने खुद को कमरे में कैद कर लिया था। उसका दिल बुरी तरह धड़क रहा था। उसकी समझ में नहीं आ रहा था कि वह क्या करे, क्या न करे।

बहुत देर तक वह अकेली रही।

सुबह होने को आयी थी। देवर्षि उससे मिलने आये। उनके चेहरे पर काफी बेचैनी थी। उनके चेहरे के भाव देखकर शांति का डर और बढ़ गया। उसने देवर्षि से पूछा-"यह क्या हो गया देवर्षि जी...हमने अंजाने में एक मुसीबत मोल ले ली।" देवर्षि ने तत्काल कोई जवाब न दिया। थोड़ी देर तक कुछ सोचते रहने के बाद कहा-"हमने मुसीबत मोल नहीं ली, बल्कि हम पर मुसीबत थोपी गयी है; यह तो इस दुनिया की फितरत है; इस दुनिया के नियम-कायदों के दोष हैं कि कोई कहीं स्वतंत्र नहीं रह सकता, न जमीन में, न आसमान में। जमीन और आसमान-सबको सीमाओं में कैद कर दिया है, जिस-पर किसी-न-किसी की हुकूमत चलती है-यह जमीन भारत की है, यह आसमान चीन का है, यह समंदर अमेरिका का है। किसी को किसी की सीमा में प्रवेश करना है तो इजाजत लेनी पड़ेगी... वीजा, पासपोर्ट बनाना पड़ेगा-वरना आप गुनहगार हैं। वाह री दुनिया!" शांति निःशब्द हो गई। उसने किसी तरह की प्रतिक्रिया नहीं दी, मगर उसका दिल देवर्षि के एक-एक लफ्ज से सहमत था। देवर्षि का क्रोध अभी भी शांत नहीं हुआ था। वे तैश में आकर बोलते जा रहे थे-"विधि-व्यवस्था के नाम पर दुनिया ने कानून

बनाये...मगर उन कानूनों की धज्जियाँ उड़ाने वाले ही आज विजेता बने बैठे हैं; भ्रष्ट हो गई है यह दुनिया। ताज्जुब तो इस बात की है कि इस धरती पर इंसान को खुद के इंसान होने का भी प्रमाण देना पड़ता है कि-वो फलाँ देश का नागरिक है, ये उसका राशन कार्ड है...ये उसका आधार नम्बर है वगैरह-वगैरह। इतने सारे सबूतों के बावजूद हर इंसान शक के दायरे में है। किसी को किसी पर भरोसा नहीं है। देश-समाज की बात क्या करें, रिश्तों में भी भरोसा नहीं रहा...आदमी का खुद से भी भरोसा उठता जा रहा है...ये हैं इस दुनिया के हालात। इस दुनिया को टटोलेंगे, तो शिकायतें ही शिकायतें मिलेंगी...शिकायतों का जखीरा मिलेगा...मगर यह वक्त इन सब बातों में उलझने का नहीं है शांति; अभी हमें सिर्फ यह सोचना है कि हमें क्या करना है।

शांति ने सवालिया निगाह से देवर्षि की ओर देखा, जैसे वह उनके सवाल का जवाब भी उन्हीं से चाहती हो। देवर्षि ने कहा-"दुनिया में आग लग गई है शांति; उनका अपना वार उनके ही सिर फूटा है...उनके कई शहर तबाह हो गये हैं; दुनिया बुरी तरह बौखलाई हुई है...वह इस दुनिया के चप्पे-चप्पे को खँगालने में जुटी हुई है, वो बहुत जल्द हमें ढूँढ़ लेंगे...हो सकता है अब तक ढूँढ़ भी लिया हो उन्होंने।"

'कैसे...?' शांति घबरा-सी गई, मगर देवर्षि ने जोरदार ठहाका लगाया। मजाकिया अंदाज में कहा-"उन्होंने इस धरती और आकाश के चप्पे-चप्पे पर अपनी नजर बिछा रखे हैं... बड़े-बुजुर्ग कहा करते थे कि भगवान सब-कुछ देख रहे हैं। इस दुनिया ने भगवान की आँखें निकालकर अपने बनाये हुए सेटेलाइट और सी.सी.टी.वी. कैमरों में फिट कर लिया है। यह जगह उनके लाभ की नहीं थी, इसीलिए उन्होंने अब तक इधर ताका-झाँका नहीं...मगर अब..."

देवर्षि ने अपनी बात अधूरी छोड़ दी। व्यंग्यात्मक लहजे में मुस्कराते रहे। शांति, तड़पकर बोली-"अब आप ही बताइये कि हमें क्या करना चाहिए...मैं नर्वस हो चुकी हूँ!"

"ऐसा मत कहो...तुम एक दिलेर औरत हो, अभी तो बहुत कुछ करना बाकी है तुम्हें...।"

“मगर इस वक्त मैं किसी तरह का निर्णय लेने की स्थिति में नहीं हूँ, आप ही कुछ बताइये।”

“ठीक है।” देवर्षि ने अर्थपूर्ण अंदाज में कहा-“वक्त बहुत कम है शांति; कम-से-कम समय में तुम्हें यह सोचना है कि दुनिया ने हमारा पता कर लिया और हमसे लड़ने आ गये तो हम क्या करेंगे? लड़ेंगे या भाग जायेंगे?”

शांति को यह सवाल कुछ अजीब-सा लगा। उसने सोचने की कोशिश की, मगर फिर से इस सवाल का जवाब देने का जिम्मा देवर्षि पर ही थोप दिया। देवर्षि ने कहा-“शांति...हमारे पास वो विद्याएँ और ऐसी-ऐसी शक्तियाँ हैं कि हम अगर लड़ जायें, तो इस दुनिया को छठी का दूध याद दिला दें; मगर लड़ना-मरना हमारा मकसद नहीं है; हम तो लड़ने-मरने की बात को लोगों के जेहन से मिटा देने के लिए ही पिछले पचपन सालों से मेहनत कर रहे हैं। हमारी मेहनत रंग भी लायी है; इस धरती पर कम-से-कम हमारे कुनबे के अधिकांश लोग ऐसे हैं-जिन्हें यह भी पता नहीं है-युद्ध क्या होता है, लड़ना-मरना किसे कहते हैं।” शांति के जेहन में एकबारगी प्रेरणा का चेहरा उभर आया और वह सवाल भी-“युद्ध क्या होता है दादी माँ...?”

देवर्षि ने शांति को प्यार से समझाते हुए कहा-“देखो शांति...हमने बड़ी मेहनत से अपनी एक छोटी-सी दुनिया का सृजन किया है; हमारा मकसद, मानव में मानव-धर्म विकसित करने का है, इस दुनिया में शांति और अमन का राज कायम करने का है। जरा सोचो, दुनिया से अगर हमारी मुठभेड़ हो गई, तो वो बच्चे, जिन्हें अब तक हमने प्यार-प्रेम, भाईचारा, त्याग, समर्पण आदर्श का पाठ पढ़ाकर बड़ा किया है, वो लड़ने और मरने जैसे कलंकित कृत्य को देख लेंगे...फिर यह रोग उनके जेहन में घुस जायेगा और हमारा सारा किया-धरा बेकार जायेगा।”

शांति शॉक्ड हो गई। उसने अब तक इस बात पर गौर नहीं किया था। देवर्षि ने कहा-“अगर हम युद्ध में उलझेंगे तो हमारा मकसद बाधित हो जायेगा...हम अपनी सारी तैयारियाँ पूरी कर लेने के बावजूद उन सुनहरे पेड़ों की तालाश करने नहीं जा पायेंगे, तो हमारे इतने सालों की मेहनत बेकार जायेगी। हमने सिर्फ मेहनत ही नहीं की है...इस मकसद के लिए

त्याग भी किया है, ढेर सारी इच्छाओं और खुशियों का गला भी घोंटा है। तुम रोहन, सोनी, जैकब और सेजल को याद करो; जिंदगी का लुत्फ उठाने के दिनों में वो इस मकसद के लिए सब-कुछ त्याग करके संन्यासी बन गये...क्या यही सिला होना चाहिए उनके त्याग और समर्पण का? वक्त नहीं है...जल्दी सोचो।''

देवर्षि की बातों ने थर्राकर रख दिया शांति को। उसने गिड़गिड़ाते हुए अपना मस्तक देवर्षि के कदमों में डाल दिया और कहा-''आप आदेश करें, मैं बगैर ना-नुकुर के स्वीकार करूँगी। देवर्षि ने बगैर वक्त गँवाये हुए कहा-''अपनी बनाई हुई दुनिया को समेटो और फौरन अपने अगले मकसद के लिए कूच कर जाओ।''

''मैं...'' शांति मिमियाने-सी लगी। देवर्षि ने पूरे अधिकार से कहा-''तुम मुझे वचन दे चुकी हो, तुम्हें मेरी बात माननी ही पड़गी; वक्त बहुत कम है, सोचने-समझने का मौका भी नहीं है हमारे पास... वो कभी भी आ सकते हैं। अगर दुश्मन आये तो हम पर हमला करेंगे...अगर दोस्त आये तो हमारी शक्तियों को...हमारे विमान को हथियाना चाहेंगे। अगर हम प्रेम से न दें तो वो दाम लगायेंगे...फिर भी न माने तो हम पर तरह-तरह के इल्जाम लगाकर हमें घेरना चाहेंगे...हमें अपनी ताकत से दबाना चाहेंगे...हम उलझ जायेंगे...।''

शांति के पास कोई मौका नहीं था देवर्षि की बात पर बहस करने का। देवर्षि ने फिर समझाते हुए कहा-''तुम्हारा जाना जरूरी है...तुम एक अच्छी अभिभावक हो; आड़े वक्त बच्चों को तुमसे मदद मिलेगी और सबसे बड़ी बात है कि बच्चे तुम्हारा मोह त्याग नहीं पा रहे, उन्होंने तुम्हारे बगैर जाने से साफ-साफ मना कर दिया है... चलो, वक्त नहीं है।''

शांति चल पड़ी। देवर्षि ने उसके साथ-साथ चलते हुए कहा- ''मैं जानता हूँ कि तुम्हारे जेहन में हजारों सवाल उठ रहे हैं...तुम क्या करोगी...फिर कब वापस आओगी...अंतरिक्ष में कैसे रहोगी...विमान अपनी आकाशगंगा से आगे बढ़ पायेगा या नहीं...तुम्हारे सारे सवालों के जवाब मैंने पहले ही ढूँढ़ दिये हैं।''

तभी आकाश में एक साथ कई हेलीकॉप्टर मँडराते हुए दिखे। देवर्षि ने चीखकर कहा-''सुदर्शन! विमान का तामस यंत्र सक्रिय करो।''

तभी कहीं से जैकब भी चीखकर बोला-''सोनी, विमान को इनविजिबल मोड पर डालो...।'' पलक झपकते ही वहाँ रोशनी बिल्कुल कम हो गई...अँधेरा-सा छाने लगा। कृत्रिम बादलों ने विमान को छिपा लिया। देवर्षि ने कहा- ''अब विमान, दुनिया की नजरों से अदृश्य हो गया है, इसे कोई नहीं देख सकता।''

शांति, विमान के पास पहुँची तो उसने देखा कि सारी तैयारियाँ पहले से पूरी कर ली गई थीं-सिर्फ उसके आने का इंतजार था। विमान इस समय अपने विशालकाय आकार में था और सारे लोग, घाटी के सभी पशु-पक्षी, कीट-पतंगे भी उसके अंदर थे। शांति के आश्चर्य का ठिकाना नहीं रहा। देवर्षि ने कहा- ''उस गुफा की सारी महत्वपूर्ण चीजें भी मैंने रखवा दी है।''

''मगर यह सब क्यों...?'' शांति ने पूछा। देवर्षि ने कहा-''क्या पता किस घड़ी यहाँ कौन-सा बम फूटेगा...क्या पता कितने बम फूटेंगे; ये सब बेचारे पशु-पक्षी, कीट-पतंगे बेमौत मारे जायेंगे...हमारे साधनों-संसाधनों का नुकसान होगा... ये सब तुम्हारे साथ रहेंगे तो सुरक्षित रहेंगे...तुम्हारा दिल भी लगा रहेगा...।''

आकाश में मँडराते हुए हेलीकाप्टर्स की संख्या बढ़ती जा रही थी। कुछ खतरनाक से दिखने वाले वायुयान भी मँडराने लगे थे। देवर्षि ने सुदर्शन को विमान के संचालन का हुक्म दिया। हालात ऐसे थे कि विदाई का मातम मनाने का भी वक्त नहीं था। सबने देवर्षि से आशीर्वाद लेना चाहा, बदले में देवर्षि ने भी एक वचन माँग लिया-जब तक सुनहरे पेड़ नहीं मिल जाते...वे लोग पृथ्वी पर वापस नहीं आयेंगे।''

विमान, अदृश्य अवस्था में उड़ चला।

* * *

प्रोफेसर अमन के सपनों का विमान, सुदूर अंतरिक्ष की ओर जाने के बजाय पृथ्वी के वायुमंडल में ही मौजूद था। मध्यमंडल में पहुँचते ही शांति

ने सुदर्शन से विमान की गति रोककर पृथ्वी की परिक्रमा करने को कहा था। अब विमान धीमी गति से पृथ्वी की परिक्रमा कर रहा था। सचमुच, पृथ्वी के गुरूत्वाकर्षण से भी दमदार है-पृथ्वी का आकर्षण, जो शांति को अब भी दूर नहीं जाने देना चाहता था। शांति, एक पारदर्शी परत के पास बैठी पृथ्वी का दीदार कर रही थी। उसकी आँखें आँसुओं से भरी पड़ी थीं।

इतनी ऊँचाई से उसे बर्फ की सफेद चादर से ढके पर्वत-शिखर, हरे-भरे घने जंगल, तपते-सूखते रेगिस्तान, मनमोहक मैदान, लहलहाती फसलें, पहाड़ों से धरती पर उतरती नदियाँ, कल-कल करते झरने, दूर-दूर तक फैले सागर-महासागर-सब कुछ नजर आ रहे थे और आसमान में नरभक्षी चील-कौओं की तरह इधर-उधर भागते-टकराते लड़ाकू विमान, मिसाइलें, ड्रोन भी। जलते-सुलगते महानगर, शहर व गाँव भी।

शांति ने याद करने की कोशिश की, कि उसने आखिरी बार कब सुना था कोयल की कूक, फूलों पर मँडराते भौरों की गुनगुन... कब देखी थी फूलों पर मँडराती मासूम तितलियाँ, कब चहके थे उसके मुंडेर पर गौरैये?

उसकी आँखों में आँसुओं का अथाह सागर समा गया हो जैसे।

* * *

आँसू तो देवर्षि रघुनंदन स्वामी की आँखों में भी थे-मगर कुछ गम के...तो कुछ खुशी के। वह उस चोटी को छोड़ आया था, जहाँ पिछले पचपन साल से उसने अपना डेरा जमा लिया था। आज वह इस संसार की सबसे ऊँची चोटी माउंट एवरेस्ट पर जा बैठा था और देख रहा था इस संसार के करतूतों को...खुद को ताकतवर साबित करने की भागदौड़ और उठापटक को...मैदानों, आकाश और महासागरों में मचे हुए घमासान को। तभी एक और दिव्य आत्मा का अवतरण वहाँ हुआ। देवर्षि ने उनकी अगवानी बड़े जोशो-खरोश से की। दोनों गले मिले। देवर्षि ने पूछा- ''कहाँ गुम हो गये थे जगन्नाथ स्वामी? सौ-डेढ़ सौ साल से आपकी कोई खोज खबर नहीं मिली...सब खैरियत तो है?'' जगन्नाथ स्वामी भी अत्यधिक खुश नजर आ रहे थे। उन्होंने कहा-''देवर्षि रघुनंदन जी, मैं पिछले पचास सालों से हिमालय की पर्वत शृंखलाओं में ही भ्रमण कर रहा हूँ; यहाँ आते ही

सबसे पहले आपकी खोज-खबर ली..मगर मैंने आपको बहुत व्यस्त देखा। तब से आज तक मेरे जेहन में एक सवाल मचल रहा है...सोचा, आज आपसे पूछ ही लूँ।'' देवर्षि मुस्कराये बिना नहीं रह सके। जगन्नाथ स्वामी ने पूछा-''देवर्षि रघुनंदन...मैंने भी आपके साथ इस सूक्ष्म शरीर में ब्रह्मांड का भ्रमण किया है; पृथ्वी जैसे जिन ग्रहों की बात आपने की-मैं भी सहमत हूँ, मगर...सुनहरे पेड़ों के जंगल तो हमें कहीं नहीं दिखे, इसका राज क्या है?'' देवर्षि के चेहरे पर रहस्यमयी मुस्कराहट फैल गई। उसने जगन्नाथ स्वामी से कहा-''आपको हमारे और आपके जीवनकाल की वो घटना याद है जगन्नाथ जी, जब हम दोनों अपने गुरुजी और अन्य साथियों के साथ भिक्षाटन के लिए निकले थे? हम काशी से सीधा उत्तर दिशा की ओर बढ़े जा रहे थे; एक गाँव में रात्रि-विश्राम करने के बाद सुबह जब हम उस गाँव से प्रस्थान कर रहे थे तो गुरुजी ने उस गाँव के लिए काफी बद्दुआयें की थीं।'' ''हाँ'' जगन्नाथ स्वामी ने कहा-''गुरुजी ने भगवान से मन्नत माँगी कि उस गाँव में बारिश न हो...अकाल पड़ जाये...महामारी फैले वगैरह-वगैरह।''

''बिल्कुल सही...'' देवर्षि ने कहा-''जबकि उस गाँव के लोगों ने हमारी बहुत सेवा की थी, हम उनसे गदगद थे, हमारे दिल से उनके लिए दुआयें निकल रही थीं।''

''मुझे अच्छी तरह याद है, उस दिन गुरुजी के बर्ताव ने हमें काफी ठेस पहुँचायी थी। हम लोग काफी दुःखी हुए। इतने दुःखी, कि गुरुजी से इसका कारण तक न पूछ पाये।''

''आपको वह घटना भी याद होगी, जब कुछ ही दिनों बाद दूसरे गाँव में हमारा काफी अनादर हुआ और गुरुजी ने उस गाँव के लिए काफी दुआयें की थीं, कि भगवान इस गाँव में सुख की बरसात हो...अच्छी पैदावार हो...कोई रोग...शोक इस गाँव में पैर भी न रख पाये वगैरह-वगैरह।''

''हाँ,'' जगन्नाथ स्वामी ने कहा- ''मुझे अच्छी तरह याद है और यह भी याद है कि उस दिन आपने गुरुजी से पूछ भी लिया था कि आदर के बदले श्राप क्यों और अनादर के बदले आशीर्वाद क्यों?''

देवर्षि ने कहा-गुरुजी का कहना था कि जिस गाँव में हमारा सेवा-

सम्मान किया गया था, वहाँ अच्छे लोग बसते हैं; वहाँ जब तरह-तरह की आपदायें आयेंगी, तो वहाँ के लोगों को उत्तर-दक्षिण-पूरब-पश्चिम की दिशा में भागना पड़ेगा। वे बिखरकर अलग-अलग जगहों में जा बसेंगे। अच्छे लोग जहाँ भी जायेंगे, अपने साथ अच्छाई की सौगात लेकर जायेंगे, इस तरह अच्छाई फैलेगी। बुराइयों को फैलने से रोकना चाहिए; बुरे लोग बिखरेंगे तो बुराइयाँ भी बिखरेंगी, इसीलिए भगवान से दुआ की, कि उन्हें उन्हीं के गाँव में इतना सुख मिले कि वो इधर-उधर न बिखरें... अपनी जगह जमे रहें।'' जगन्नाथ स्वामी हँस पड़े थे। देवर्षि ने भी जोर का ठहाका लगाया, फिर चुप हो गए। जगन्नाथ स्वामी ने पूछा-''मगर...यह तो मेरे सवाल का जवाब नहीं है; मैंने तो सुनहरे पेड़ों के जंगल के बारे में पूछा है, जिसके लिए आपने एक फौज तैयार की और उन्हें सुदूर अंतरिक्ष की ओर रवाना किया।''

देवर्षि बोले- ''अमन, शांति और उसके चारों शिष्य बेवकूफ नहीं थे जगन्नाथ जी, कि उन्हें जो पढ़ा दिया जाय-वो पढ़ लें; आपको मेरी चालाकी की दाद देनी पड़ेगी कि पचपन साल तक मैंने उन्हें सोचने का मौका नहीं दिया.. जो कुछ कहा और जो कुछ किया, बड़े ही योजनाबद्ध तरीके से... उनके हर सवाल का जवाब इस तरह दिया कि उन्हें मुझ पर कभी कोई शक न हो।''

जगन्नाथ स्वामी आश्चर्य से देवर्षि को देखने लगे। उन्होंने कहा- ''शक? शक क्यों? क्या आपने जो कहा वो झूठ था? झूठ भला क्यों बोलेंगे आप?''

''हाँ जगन्नाथ जी...'' देवर्षि ने अपनी नजर झुकाते हुए कहा-''मैंने जो कहा, वो झूठ था; सच तो यह है कि ब्रह्मांड में सुनहरे पेड़ों का कोई जंगल कहीं है ही नहीं।''

जगन्नाथ स्वामी चौंक पड़े। देवर्षि ने खुद कहना शुरू किया- ''जगन्नाथ जी...मुझे बहुत पहले यह अनुमान हो गया था कि अब पृथ्वी पर कयामत के दिन दूर नहीं; दिन-ब-दिन मानव-मूल्य खत्म हो रहा है, नैतिकता को कुचला जा रहा है... भ्रष्टाचार, पाप इस तरह बढ़ता जा रहा है, कि एक-न-एक दिन पाप का घड़ा फूटना ही था। हमारे जमाने और आज के

जमाने में बहुत फ़र्क आ गया है जगन्नाथ जी; लोग पास रहकर भी दूर हो गये हैं, प्रकृति के नियमों को बदलने का दुस्साहस करने लगे हैं। आप देखेंगे तो यकीन नहीं करेंगे। आपने कभी नई पीढ़ी के दस बच्चों को एक जगह बैठे हुए देखेंगे तो हैरत में पड़ जायेंगे। पास बैठकर भी वे एक-दूसरे से दूर रहते हैं। वे पास बैठे लोगों से संवाद करने के बजाय मोबाइल, कम्प्यूटर के जरिये दूर देश के लोगों से संवाद करते हैं। फेसबुक, ट्विटर, ह्वाटसएप...न जाने कौन-कौन-सी सोशल साइटस हैं, जिसने संवाद का जरिया ही बदल दिया। लोग बात करने की जगह चैट करते हैं; होंठ, तालुओं की जगह विचारों का आदान-प्रदान उँगलियों से करते हैं। इस तरह तो भविष्य में मानव-शरीर की संरचना ही बदल जायेगी, इंसानों का कंठ संकुचित हो जायेगा। लेकिन शायद यह सब नहीं हो पायेगा; इतने दिनों तक दुनिया रह ही नहीं पायेगी, क्योंकि आज से इस धरती, इस सभ्यता की उलटी गिनती शुरू होने वाली है। मैं कयामत के जिस दिन का जिक्र किया करता था...कयामत का वो दिन आ चुका है...।''

तभी कहीं जोरदार धमाका हुआ। दूर, धुँए का बादल मशरूम की शक्ल लेकर आसमान की ऊँचाइयों को छूने जा रहा था। देवर्षि और जगन्नाथ स्वामी गौर से उन मशरूम जैसे बादलों को देखने लगे। देवर्षि जी ने कहा-''लीजिये जगन्नाथ जी, दुनिया कई दशकों से जिसके दहशत में जी रही थी, आज वो दहशत साकार हो गयी; मनुष्य ने महाविनाश की पहली इबारत लिख दी। बात यहीं खत्म नहीं होगी...बस थोड़ी ही देर में कोई-न-कोई देश इस परमाणु हमले का जवाब दे देगा। फिर उसे भी कोई जवाब देगा-फिर उसे भी...अब तो कई परमाणु विस्फोट होकर रहेंगे.... फिर महामारी फैलेगी...वायुमंडल बिगड़ेगा... प्राकृतिक आपदाएँ आयेंगी... धरती पानी में डूबेगी या भीषण गर्मी में झुलसेगी...मगर स्वाहा तो तय है।'' सच तो यह है कि दुनिया ने परमाणु बम के रूप में दर्द देने का ऐसा तरीका ईजाद कर लिया है, जिसका कोई तोड़ ही नहीं है।

'अफसोस!' जगन्नाथ स्वामी का मन विचलित हो गया। देवर्षि ने कहा-''मगर इससे मनुष्य की प्रजाति खत्म नहीं होगी; मनुष्य और मानव-धर्म कहीं-न-कहीं जिन्दा जरूर रहेगा... नई सोच, नई सभ्यता का विकास

होगा...'' जगन्नाथ जी, इस दुनिया को जाति-धर्म, अंधविश्वास, झूठ-फरेब, खून-खराबे का जो संक्रामक रोग लग चुका है, उसका समुचित इलाज नामुमकिन है; यह रोग इस दुनिया के मिटने के साथ ही मिटेगा, इसीलिए मेरे मन में नये संसार के सृजन की बात आई... यह दुनिया रहे या मिटे, मगर एक नया संसार तो जरूर बसेगा।

'कहाँ...?' जगन्नाथ स्वामी ने आश्चर्य से पूछा। देवर्षि मुस्करा उठे-''सुदूर अंतरिक्ष में कहीं भी...शांति और अमन का साम्राज्य कहीं-न-कहीं जरूर बसेगा...।''

''शान्ति और अमन...।'' जगन्नाथ स्वामी चौंके। देवर्षि ने कहा-''हाँ जगन्नाथ जी..सुनहरे पेड़ों का जंगल तो सिर्फ एक बहाना है; वह पेड़ तो उन्हें ढूँढ़ने से भी नहीं मिलेगा और जब तक नहीं मिलेगा, वे लोग वापस नहीं आ सकते; उन्होंने मुझसे वायदा किया है, मुझे उनके वायदों पर पूरा-पूरा भरोसा है।''

अब जगन्नाथ स्वामी कुछ हद तक माजरा समझ चुके थे। उन्होंने सोचने के अंदाज में अपने होंठ गोल कर लिये। देवर्षि ने कहा-''वे दयालु लोग थे...इस दुनिया की भलाई चाहते थे; मैंने उनकी इसी कमजोरी का फायदा उठाया। उनसे उनके व्यक्तिगत लाभ की बात कहता तो वो इंकार कर सकते थे, इसीलिए दुनिया के लाभ की बात की और उन्हें फँसा लिया... शरीफों को छलना, उन्हें फँसाना बहुत आसान होता है।''

''बहुत बड़ा पाप भी होता है रघुनंदन जी...।'' जगन्नाथ स्वामी ने कहा-''आपकी सिद्धियाँ नष्ट हो सकती हैं।''

देवर्षि कुछ देर तक गुमसुम रहे, फिर उन्होंने कहा-''मैं इस बात से अंजान नहीं था; मुझे भी पता था कि किसी के साथ इस तरह का छल करने से मेरी कई सिद्धियाँ नष्ट हो जायेंगी, मगर फिर भी मैंने ऐसा किया, जानते हैं क्यों?'' देवर्षि ने जगन्नाथ स्वामी की आँखों में आँखें डालकर यह सवाल किया, मगर जगन्नाथ स्वामी ने इन्कार में सिर हिलाकर असहमति जतायी। देवर्षि ने अपनी एक-एक बात पर जोर देते हुए कहा-''मेरी सिद्धियाँ नष्ट होने से सिर्फ एक का नुकसान होगा-सिर्फ मेरा; मगर इसके बदले इस सृष्टि

में कहीं एक खूबसूरत-सी दुनिया आबाद हो जायेगी, जहाँ शांति और अमन का साम्राज्य होगा, भाईचारे, प्रेम, त्याग, समर्पण के गोद में मानवता खेलेगी। मेरा उद्देश्य है कि मनुष्य में एक बार फिर मानव-धर्म का उदय हो। एक ऐसी दुनिया- जहाँ का हर मनुष्य महान् हो... इसीलिए मैंने दिव्यशक्तियों, आध्यात्मिक ज्ञान और आधुनिक विज्ञान से लैस मनुष्यों का एक समाज रचने का प्रयास किया। शायद मेरे इरादे नेक थे, इसीलिए परिस्थितियों ने भी कदम-कदम पर मेरा साथ दिया। आइये, परमात्मा से इस दुनिया के लिए दया की भीख माँगें और उस दुनिया के लिए दुआ करें कि, जो बुराइयाँ इस दुनिया में पनपीं और इस दुनिया को सर्वनाश के द्वार पर ला खड़ा कर दिया, वह बुराई उस दुनिया तक कभी न पहुँच सके।''

''सचमुच... जगन्नाथ स्वामी ने भी देवर्षि के साथ दुआ की। फिर उन्होंने पूछा-''आगे की क्या योजना है?''

देवर्षि ने कहा-''भोले-भाले बेकसूर लोगों को बचाने और नयी जगह बसाने की मेरी कोशिशें जारी रहेंगी, चाहे मुझे इसके लिए अपनी सारी सिद्धियाँ गँवानी पड़ें, मुझे मंजूर है; परमात्मा बस इतनी-सी दया करें कि, मेरी अगली कोशिशें भी कामयाब हों और मनुष्य में सद्‌भावना और सदबुद्धि का विकास हो।'' जगन्नाथ स्वामी कभी पृथ्वी पर लपलपाती आग की लपटों, कभी आसमान को छूते धुँए के गुबार को देखते, तो कभी देवर्षि की ओर...जबकि देवर्षि की दुआ भरी नजरें आसमान को देखने लग गई थीं।

* * *

शांति, जिन हालात को किसी भी कीमत पर नहीं देखना चाहती थी- आज उसे देखना पड़ा। पृथ्वी पर कई जगह धुएँ के मशरूम जैसे गुबार उठ रहे थे। उसने यह सब देखा तो मानो पागलपन उस पर सवार हो गया। उसने सुदर्शन को तेज गति से विमान चलाने का आदेश दिया, मगर फिर भी खुद की नजर पृथ्वी से न हटा सकी।

आधुनिक विज्ञान के सिद्धांत तो भौतिक वस्तुओं के लिए हैं; उस दिव्य विमान ने किसी सिद्धांत की परवाह नहीं की। कोई डार्क मैटर या डार्क

एनर्जी उसका रास्ता नहीं रोक सकी। वह मन की गति से सौरमंडल, आकाशगंगा, लोकल ग्रुप ऑफ गैलेक्सीज, कलस्टर, सुपर कलस्टर की सीमाओं को लाँघता रहा। ज्यों-ज्यों विमान पृथ्वी से दूर जा रहा था, शांति की नजरों में पृथ्वी सिकुड़ती जा रही थी। कुछ ही देर में पृथ्वी एक फुटबॉल की मानिन्द दिखने लगी...फिर गोल्फ-बॉल जैसी...फिर एक तिनके की तरह और...पृथ्वी विलीन भी हो गई। शांति अपने आप में बोल पड़ी- ‘‘अभी तो मैंने ब्रह्मांड का हजारवाँ हिस्सा भी तय नहीं किया है... कितनी अजीब बात है-इस अनंत ब्रह्मांड में पृथ्वी की हैसियत तिनके भर की भी नहीं है...फिर भी पृथ्वी पर बसी दुनिया के लोग खुद को ताकतवर समझने का वहम पाले बैठे हैं; दूसरों को अपनी ताकत दिखाने के लिए पागलपन की हद को पार कर जाते हैं।’’

www.ingramcontent.com/pod-product-compliance
Ingram Content Group UK Ltd.
Pitfield, Milton Keynes, MK11 3LW, UK
UKHW041956190726
13854UKWH00005B/2012

9 789386 027948